U0458593

叶嘉莹

著

叶嘉莹说词

云间派

上海三联书店

图书在版编目(CIP)数据

叶嘉莹说词：云间派 / 叶嘉莹著.—上海：上海三联
书店,2024.6 重印
ISBN 978-7-5426-7903-1

Ⅰ.①叶… Ⅱ.①叶… Ⅲ.①文学流派-研究-中国
-明清时代 Ⅳ.①I206.2

中国版本图书馆 CIP 数据核字(2022)第 209593 号

本书由上海文化发展基金会资助出版

叶嘉莹说词：云间派

著　　者 / 叶嘉莹

责任编辑 / 吴　慧
装帧设计 / 周伟伟　徐　徐
监　　制 / 姚　军
责任校对 / 王凌霄

出版发行 / 上海三联书店
　　　　　 (200041)中国上海市静安区威海路 755 号 30 楼
联系电话 / 编辑部：021-22895517
　　　　　 发行部：021-22895559
印　　刷 / 上海颛辉印刷厂有限公司

版　　次 / 2023 年 8 月第 1 版
印　　次 / 2024 年 6 月第 2 次印刷
开　　本 / 787 mm × 1092 mm　1/32
字　　数 / 116 千字
印　　张 / 7.25
书　　号 / ISBN 978-7-5426-7903-1/I·1795
定　　价 / 52.00 元

敬启读者,如发现本书有印装质量问题,请与印刷厂联系 021-56152633

目　录

论陈子龙词　　　　　　　　　　　　　　　　/ 1

说李雯词　　　　　　　　　　　　　　　　　/ 52

夏完淳评传　　　　　　　　　　　　　　　　/ 99

从云间派词风之转变谈清词的中兴　　　　　　/ 178

论陈子龙词

一

关于明末清初之际的陈子龙词之成就，历来评词者早已注意及之。即如谭献在其《复堂词话》中，就曾以为陈词可以上追后主直接唐人，谓"重光后身唯卧子（陈子龙字）足以当之"。又云："词自南宋之季，几成绝响。元之张仲举（张翥）稍存比兴。明则卧子直接唐人，为天才。"况周颐在其《蕙风词话》中也曾称美陈词，谓其"含婀娜于刚健，有风骚之遗则"。吴梅在其《词学通论》中，则不仅亦称陈词"能上接风骚"，且更曾谓其能"得倚声之正则"。以上诸家之词论，可以说大多乃是就陈词之成就在继承方面能得渊源之正而言者。至于更能就其影响一方面而言者，则如沈惟贤在其《片玉山庄词存词略序》中，就曾提出："明末乃有陈卧子《湘真词》，上追六一，下开纳兰，实为有明一代生色。"（转引自《白雨斋词话足本校注》）龙沐勋在其所编选的《近三百年名家词选》中，则不仅取陈词以冠篇首，而且更曾经在评语中提出："词学衰于明代，至子龙出，宗风大振，遂开三百年来词学中兴之盛。"这些评语自然可以说都是词学家的品位有得之言，只可惜他们都未曾对其所提出的评语作任何理论性的说明。多年前，我在1981年加拿大亚洲学会在哈立菲克斯（Halifax）召开的一次年会中，虽曾对陈词作过稍具理论性的评述，却未曾将该次谈话整理发表。近年来我在《灵谿词说》一书中，对唐五代两宋一些名家词的渊源、流变，既已作了相当的探讨；继之我又在《迦陵随笔》与《对传统词学与王国维词论在西方理论之观照中的反思》诸文中，曾尝试透过西方文论来为中国词学建立一个理论架构。私意以为，在唐五代及两宋的词之发展中，我们大概可以分为三大类别：第一类是"歌词之词"，唐五代时之温、韦、冯、李及北宋初之晏、欧诸家属之；第二类是"诗化之词"，北宋之苏轼及南宋之辛弃疾诸家属之；第三类是"赋化之词"，北宋之周邦彦及南宋之姜、史、吴、王诸家属之。此三类不同之词风，其得失利弊虽彼此迥然相异，然若综合观之，则我们就不难发现它们原有一个共同的特点，那就是三类词之佳者，莫不以"具含一种深远曲折耐人寻绎之意蕴为美"。而且我还曾引用西方的诠释学、符号学、接受美学和意识批评等理论，对于形成此种深远曲折耐人寻绎之意蕴的因素，也作过相当的讨论，并且曾将西方理论与中国词学加以结合，而提出："张惠言对之衍义的评说，乃大多是以词中的一些语码为依据的；而王国维对词之衍义的评说，则大多是以词中所传达的本质为依据的。"总之，词之特质乃是以其文本中能具有丰富的潜能[potential effect，见于伊塞尔（Walfgang Iser）之《阅读活动——一个美学反应的理论》（*The Act of Reading：A Theory of Aesthetic Response*）一书之序文]为美。本文所要尝试的，就是想把陈子龙词放在我所提出的这一理论架构中，作一次评说的实践。

要想从理论方面来探讨子龙词之成就，我以为首先要注意的乃是诸位词学家所提出的"上追后主""直接唐人""有风骚之遗则""得倚声之正则"等评语在理论上究竟何指的问题。本来早在1970年代初期，当我撰写《常州词派比兴寄托之说的新检讨》一文时，对清代的张惠言在其《词选·序》中所提出的"《诗》之比兴，变风之义，骚人之歌"诸说，已作过相当的讨论。只不过当时我为文的重点乃是针对张氏一家之言的得失所作的论述，而现在我想把清代以来的词评家之所以要把词上比《风》《骚》，以为其有比兴寄托之意，而且认为如此方为倚声之正则的观念，放在词之源起、词之特质与词之流变的宏观中，结合我在《传统词学》及《迦陵随笔》诸文中所尝试建立的评词之理论，对陈子龙词的成就作一次较具系统性的评述。

关于词之源起、特质与流变，我在《传统词学》一文中曾作过简单的论述。现在为了要讨论陈子龙之令词的缘故，我将对五代北宋令词之所以易于引人产生言外之感发的因素，试分几个阶段再加以较详的探讨和说明。本来词在初起时只是隋唐间伴随新兴之乐曲而歌唱的歌词，但当文士们着手来填写歌词时，遂因此一特殊之写作背景，而使得词这种文学体式形成了一种特殊的内容与风格。这一类早期的"诗客曲子词"，可以举《花间集》中所收录的作品为代表。据欧阳炯的《花间集·序》所言，我们可以知道这些作品原来乃是"绮筵公子"为"绣幌佳人"所填写的在歌筵酒席中演唱的歌词。也正由于此种写作之背景，使得早期供歌唱的令词形成了一种迥然不同于"诗"的特殊的品质。此种品质之特殊性又可以分为以下两个方面来加以说明：其一是由作品内容所形成的风格方面的特质，因为这种歌词之词所写之内容以美女与爱情为主，于是在风格上遂形成了一种特别纤柔婉约的特质，此其一；其次是由作者之写作心态所形成的功能方面的特质，因为此类词大多为歌酒筵席之作，对于"爱"与"美"表现了大胆的追寻和向往，此就中国之文学传统言之，实在乃是对于"诗以言志"和"文以载道"之伦理道德观念所加之于作者心理方面之压抑和约束的一种公然的叛离，正由于这种心理的因素，遂使得这一类歌词之词反而无意中具有了一种可以呼唤起人们内心中最为幽隐婉约之追寻向往之情意的潜在的功能，此其二。以上二者可以说乃是早期歌词之词所具有的两种最为基本的特质。而这两种特质当其表现于作品之中时，又可以分别为以下两种不同之情况：一种情况是属于对现实中具体的爱与美的寻求和向往，这类作品虽然也可以具有属于词所特有的一种纤柔婉约之美，然而却因其所写者过于现实和具体，因此更不易引起读者心灵中的言外之感发与触动，即如《花间集》中某些对于爱情与美女写得较为现实露骨的艳情词，便应是属于这一类的作品。另一种情况则是只泛写一种对于爱与美之追寻向往的情意，却并不实写现实中具体之情事者，这一类词同样仍具有写爱情之词所特有的一种芬芳悱恻之特质，但另一方面却由于其并不对爱情之事件作具体之实指，因而遂在其对于爱与美之追寻与向往的泛写中，往往可以在读者之心灵中唤起一种深隐幽微的缠绵悱恻的触动，而使之产生了许多言外之感发与联想。这种微妙的作用，我想很可能就是后来的词评家之所以对唐五代的小词，往往认为其有比兴寄托之意的一个主要因素。而比兴寄托之传统，其渊源既可以远溯《风》《骚》，同时此种引人产生感发与联想的微妙的作用又正是早期的一些意蕴深美之好词所共具的特质，于是某些想要推尊词体的词学家遂有意提出了一种评词的论点，认为只有与这种早期之词作风相近的、具有纤柔婉约之风格且可引起读者丰富的感发与联想的作品，才可称得上"得倚声之正则"，足以上接《风》《骚》，有比兴寄托之意的好词。

这种"《风》《骚》比兴"的论点虽然只是一种牵强附会之说，然而早期词之佳作确实具有一种易于引发读者丰富之感发与联想的可能的潜力，则是不争的事实。此种潜能经历了由晚唐而西蜀而南唐直至北宋初期的一段发展，更由几位杰出的作者如温、韦、冯、李、大晏、欧阳诸家，分别以其身世遭遇和性格学养等各方面之因素，使早期令词的这种富于感发和联想的潜能，得到了更为逐层深入的发挥。因此早期之令词遂在后世评赏者的心目中建立了一种被尊视为填词之正则的地位。但其后由于长调逐渐流行，写长调之作者既不得不注意致力于铺叙及安排，如柳、周、苏、辛，降而至于姜、史、吴、王，这些作者虽然也仍能各以其形式及手法而保持了词所特具的某种要眇宜修之美，然而终不免使人觉得他们的作品在发扬蹈厉或安排琢饰之中有一种古意渐失之感。即使他们的作品中仍然保有一些令词之作，但在意蕴深美、引人产生感发及联想的潜能方面，却与早期的令词不可同日而语了。至于金、元以下的作品，自然更是去古益远，而早期之词所独具的此种特美遂也似乎在词的发展中成为不可复作的绝响。但谁知在有明一代的词学衰落之后，居然在明代末年出现了陈子龙这位作者，使得早期之令词的已成绝响的特美，又重新在词坛上开出了复苏的花朵，就词之发展而言，我以为实在可以说是因缘巧合的一种异数。而要想说明我所谓的"异数"，我就不得不对在令词之发展过程中促使其在引生感发及联想之潜能方面不断加强的因素，以及将这些因素不断带入作品的一些重要作者，都略加简单讨论和介绍。

如我在前文所言，后世词评家对于早期令词之指称其有风骚比兴的托意，固原为一种牵强附会之说。然而在早期令词之发展过程中，这种潜能却又确实有着不断加强的现象，而且这种潜能的加强，又与此一时期一些重要作者的学养及身世有着颇为密切的关系。下面我们就将把此种潜能之发展以作者为代表，试分为几个阶段来略加说明。第一个阶段的潜能之发展，我以为乃是令词之特美与中国诗歌中以美人为喻托之传统相结合的结果。此一阶段之作者可举温庭筠为代表。关于温词中之此种潜能，我在标题为《从符号与信息之关系谈诗歌的衍义之诠释的依据》和《温庭筠〈菩萨蛮〉词所传达的多种信息及其判断之准则》两篇《迦陵随笔》中，曾举引过温词《菩萨蛮·小山重叠金明灭》一首为例证，说明此词中之"照花"四句与《离骚》中"初服"一句所写的衣饰之修洁方面的联想关系；更指出温词中的"懒起画娥眉"一句，与《离骚》中的"众女嫉予之蛾眉兮"一句，及李商隐《无题·八岁偷照镜》一诗中的"长眉已能画"一句，和杜荀鹤《春宫怨》一诗中的"欲妆临镜慵"一句，在诗篇之间所可能引生的语码之联想。而且还曾引用俄国符号学家洛特曼（Yury M. Lotman）之说，指出符码与文化背景的关系。（叶嘉莹《迦陵随笔》之七及之八，见《光明日报》1987 年 4 月 5 日、6 月 14 日）如果作更进一步的推求，我们就会发现中国诗歌之喜好以美人为托喻，除了诗歌传统之关系，实在与中国的伦理思想传统有着密切之关系。因为在中国的伦理之中，夫妇之间的关系与君臣之间的关系原是颇有相似之处的，君与夫是高高在上的主人，臣与妾则永远处在被选择与被抛弃的卑下地位。因此凡是在仕宦方面不得意的诗人，遂往往喜好以对爱情有所期待的寂寞女子来自喻。曹植《七哀诗》所写的"君怀良不开，贱妾当何依"，便是很好的例证。至于早期的令词，虽然只不过是写美女与爱情的歌词，但当一位男性的作者假借着女性的口吻与心态来写爱情的歌词时，遂由于上述的诗篇之语码及伦理传统中男女之关系与君臣之关系之相似的文化背景，而使得此类歌词具有了引发读者之丰富的托喻联想的潜能；同时作者自身也往往因其所使用的女性之口吻与心态，而使其内心中所蕴蓄的某些在政治仕宦方面的失意之慨，于无意中得到了某种潜意识的发泄。这种情况，私意以为乃是早期令词之易于引发托喻之联想的一项最主要的因素，而温庭筠则无疑是属于此一阶段之发展的一位重要的作者。

第二个阶段的令词中潜能之发展，我以为乃是令词之特美与诗人之忧患意识相结合的结果。此一阶段的发展又可分为以下几种不同的情况：第一种情况可以举西蜀的词人韦庄为代表。关于韦庄的词，我以前在《从〈人间词话〉

看温、韦、冯、李四家词的风格》和《论韦庄词》两篇文稿中，已作过相当的论述。约而言之，则韦庄所写者，就其内容情事而言，固多为主观抒情之怀人怨别的爱情歌词；然而值得注意的则是，造成韦庄之流离漂泊使之不得不与所爱之人离别的原因，则是当时的战乱忧患。韦庄最著名的五首《菩萨蛮》词，就在写了"红楼别夜"与"美人和泪辞"之后，也写了"未老莫还乡，还乡须断肠"的家国之思与乱离之慨。因此张惠言《词选》乃指称此数首《菩萨蛮》词为"盖留蜀后寄意之作"。陈廷焯《白雨斋词话》卷一也认为此数首词有"惓惓故国之思"，又指称韦氏《归国谣》词之"别后只知相愧，泪珠难远寄"和《应天长》词之"夜夜绿窗风雨，断肠君信否"诸句，也都是"留蜀后思君之辞"。私意以为张、陈二氏之竟将韦氏的一些相恩怨别的情词，皆指为有心托喻的"寄意"之作，固不免有过于牵强附会之讥，然而韦词之所以能具有此种引人生托喻之想的潜能，则是由于韦词中确实有一种隐含的乱离忧患之意识为其爱情之词的底色的缘故。这是令词之潜能在第二阶段发展中的第一种情况。至于第二种情况，则私意以为可以举南唐之冯延巳和中主李璟为代表。此一种情况与前一种情况之差别，其主要有以下两点：其一是前一种情况所写的伤离怨别乃多为具体的爱情事件，而此一种情况之所写者则往往为一种爱情之心态。其二是在前一种情况中，乱离忧患意识之产生，乃由于作者亲历了现实中发生之事实；而在后一种情况中，则其忧患意识之产生乃由于作者对尚未发生之事实的一种悲虑，而这种悲虑之心态在作品中无意的流露，遂产生了足以引起读者丰富之联想的潜能。因此张惠言《词选》乃称冯氏的《蝶恋花》诸词，为"忠爱缠绵，宛然《骚》《辩》之义"。王国维《人间词话》亦称中主李璟的《山花子》一词为"众芳芜秽，美人迟暮之感"。关于冯氏的《蝶恋花》词及中主李璟的《山花子》词，我在论温、韦、冯、李四家词的风格和论中主李璟词（见《灵谿词说》）的文稿中，曾作过相当的讨论。在论冯词的文稿中，我指出冯词之特色乃是"可以令读者产生较深较广之联想"，并且加以分析说"其所以然者"，乃是由于冯词之所写乃是"不为现实所拘限的一种纯属于心灵所体认的感情之境界的缘故"。在论李词的文稿中，我也曾指出李词之特色"乃在于其能在写景抒情遣词造句之间，自然传达出来一种感发的意趣"，所谓"感情之境界"与"感发之意趣"自然应该是透过作品中之意象所流露出来的作者的一种意识与心态之活动，而意识与心态之形成，当然又与作者之主体及其所处之时代有着密切的关系。因此冯煦在其《阳春集·序》中便曾将冯词与其时代合论，谓"翁（按指冯延巳）俯仰身世，所怀万端"，又云"周师南侵，国势岌岌，……翁负其才略，不能有所匡救，危苦烦乱之中，郁不自达者，一于词发之"。我在《感发之联想与作品之主题》一则《迦陵随笔》中，也曾举李璟词为例证，说明李氏《山花子》一词"其显意识中的主题虽然可能是写闺中思妇之情"，但是"就作者李璟所处之南唐之时代背景而言，其国家朝廷在当日固正处于北方后周的不断侵逼之下，因此这首词之'菡萏香销'两句所表现的一切都在摧伤之中的凄凉衰败的景象，也许反而才正是作者李璟在隐意识中的一份幽隐的感情之本质"。私意以为正是南唐之时代背景所造成的此种忧患意识，才使得冯延巳和李璟的词中蕴涵了如此丰富的引人生言外之想的潜能。这可以说是令词之潜能在第二阶段发展中的第二种情况。至于第三种情况，则我以为可以举后主李煜后期的词为代表，我以前在论温、韦、冯、李四家词的风格及论李煜词的文章中，对李氏之词作过相当的讨论。我认为后主之成就，可以分两方面来看：其一是内容方面的，由一己真纯的感受而直探人生核心所形成的深广的意境；其二是由于他所使用之字面的明朗开阔所形成的博大的气象。而只有李煜之词，能以沉雄奔放之笔写故国哀感之情，为词之发展中之一大突破。但李煜词之值得注意者，还不仅在于其能以奔放沉雄之笔写出破国亡家的哀感而已，且更在于他所写者虽为个人之哀感，却透过个人之哀感表现了苦难无常之人世所共有的一种悲慨。所以王国维乃称其"有释迦基督担荷人类罪恶之意"。可知李词之所以有如此丰富的感发之潜能，也正由于其所经历的一段破国亡家的惨痛的遭遇。这可以说是忧患意识对令词之潜能的发展，在第二阶段中所形成的第三种情况。

以上我们所讨论的，可以说是令词潜能之发展在唐五代时期与文化传统相结合及与忧患意识相结合的两个阶段的几种情况。至于北宋初期之令词，则私意以为乃属于令词潜能之发展的第三个阶段。此一阶段之发展，我以为乃是令词之特美与作者之品格修养相结合所产生的结果，晏殊与欧阳修二家可以作为此一阶段的代表作者。关于晏殊词之富于此种引人产生言外之想的潜能，我们可以举王国维《人间词话》来加以证明。即如晏殊《蝶恋花·槛菊愁烟兰泣露》一词中之"昨夜西风凋碧树，独上高楼，望尽天涯路"三句，王氏就曾经既称其有"诗人忧生"之意，又以之喻说为"古今之成大事业大学问者"的"第一种境界"。至于欧阳修词之易于引人产生言外之想，则王国维在其《人间词话》中论及"词之雅郑，在神不在貌"之时，也曾特别称美欧词，谓其"虽作艳语，终有品格"，只不过是欧词之引人产生的意外之想，并不可以任何情事为指说，而仅是一种修养品格之境界而已。所以王氏在《人间词话》中，曾经又举引欧阳修《玉楼春·樽前拟把归期说》一词中之"人生自是有情痴，此恨不关风与月"和"直须看尽洛城花，始共春风容易别"数句，谓其"于豪放之中，有沉着之致，所以尤高"。其所称说者也仍是一种"在神不在貌"的品格修养之意境。其实王国维不仅对欧词不曾作托喻之实指，即使在其以"成大事业大学问"之第一境界来评说晏殊词时，也并未曾以托喻之意来作解说，只不过是称述大晏的某些词句可以引人体悟到某种人生之境界而已，这种评说态度与旧传统之词评家之指称温、韦、冯诸家之有缠绵忠爱的风骚比兴之托意者，当然有着明显的差别。这种差别之产生其实还不仅是由于评说者之态度有所不同，同时也由于晏、欧二家词在引起读者产生联想的因素方面也有所不同的缘故。温词之具有引人联想的潜能，主要乃是由于其作品中具含有丰富的带有文化传统的语码，因此遂易于引起评者的比附之说。韦庄与冯、李诸家之具有引人联想的潜能，则主要是由于其现实生活所经历的充满忧患的历史背景，作者既未免有一种忧患意识之流露，评者自然可以据以为比附之评说。至于晏、欧二家词之具有引人联想的潜能，则纯然只是作者的品格修养在叙写之口吻中的无意流露，虽然难于作比附之指说，然而确实有一种引人联想的潜能，因此我才敢于提出说令词潜能之发展的第三个阶段，乃是令词之特美与作者之品格修养相结合所产生的结果，而晏殊与欧阳修二家则是此一阶段的最好的、可以作为代表的作者。（关于晏、欧二家词之品格修养在其叙写之口吻中的无意流露，以及其富于感发作用的潜能，可参看拙著《大晏词的欣赏》及《论晏殊词》与《论欧阳修词》诸文。）

二

以上我们既然对于令词潜能之发展的三个重要阶段，以及每一阶段中形成其特殊潜能的重要质素，都作了简单的介绍，下面我们就可以把陈子龙词放在这种宏观的背景中，对其何以能使此种几成绝响的潜能，在作品中重新获得新生的因缘巧合的异数，略加说明了。提到因缘之巧合，我们首先应注意到的就是如我在前面所举引的温、韦、冯、李、晏、欧诸位作者，他们的词之所以能引起读者丰富的言外之想，主要皆由于其作品于无意中具含了可以引发此种潜能的某些质素，而并不是出于有心求之所安排出来的托意。因此要想在作品中也具含有此种潜能，当然就必须要求有待于与此种潜能之所以形成的质素有一种因缘巧合的际遇，而陈子龙则恰好是特别有合于此种潜能之质素的一位作者。至于陈子龙究竟有合于形成此种潜能的哪一些质素，则可以分为以下几个方面来加以探讨。

第一点有合之处，我以为乃是歌词之词的基本性质。如我在前文所言，早期的令词本来就是绮筵公子为绣幌佳人所写的歌词，美女与爱情既是这一类作品的主要内容，其芬芳悱恻而富于感发之特质，也原是此类歌词之词的一种特美。后世之词评家虽然对此种特美仍能有所体认，因而衍生了许多比兴寄托之说，然而后世之作者却往往并不能重新获致此种特美的缘故，就因为他们已经失去了这种为美女与爱情而写作的环境和情意。然而陈子龙却由于某种因缘的巧合，重新获致了与早期写作歌词之词相类似的一种环境和情意，那就是陈子龙与当时名妓柳如是之间的一段爱情的遇合。

关于陈、柳之间这一段短暂的因缘，陈寅恪先生在《柳如是别传》一书中，已有详细的考证，本文对此当然不必再加重复，现在只将陈、柳因缘及其对陈子龙词之影响择要叙述于后。据陈寅恪先生之考证，柳如是本姓杨氏，初在嘉兴名妓徐佛处为侍婢，后转入吴江故相周道登家为姬妾，而为他妾所嫉，遂被出鬻为娼，因而流落民间，至松江，与当时名士胜流相交往，乃与陈子龙及其友人宋徵璧、宋徵舆兄弟，以及李雯、李待问诸名士相结识。当时柳氏已以其才艳名噪一时，而其为人则风流放诞不拘常格。曾一度与宋徵舆交密，后因事决裂。《柳如是别传》第三章曾记其事云："河东君（按柳氏后归钱谦益为继室，钱氏以此相称，《别传》因沿用之）与宋辕文（宋徵舆字）之关系，其初情感最为密好，终乃破裂，不可挽回。"至于陈子龙与柳氏之关系，则据《柳如是别传》第三章之考证，以为"陈、杨两人之关系，其同在苏州及松江者，最早约自崇祯五年（1632年）壬申起，最迟至崇祯八年乙亥秋深止，约可分为三时期：第一期自崇祯五年至七年冬，此期卧子与河东君情感虽甚挚，似尚未达到成熟程度。第二期为崇祯八年春季并首夏一部分之时，此期两人实已同居。第三期自崇祯八年首夏河东君不与卧子同居后，仍寓松江之时，至是年深秋离去松江移居盛泽止。盖陈、杨两人在此时期内，虽不同居，关系依旧密切。凡卧子在崇祯八年首夏后、秋深前，所作诸篇皆是与河东君同在松江往还酬和之作。若在此年秋深以后所作，可别视为一时期，虽皆眷念旧情，丝连藕断，但今不复计入此三期之内也。"《柳如是别传》曾引述此三期中陈、杨二人赠答之诗词甚多。关于诗之部分，以其既非本文所讨论之范围，且为篇幅所限，今姑置不论，现在我们将仅就此一爱情事件对陈子龙词之影响，略加论述。

陈子龙词，据近年上海古籍出版社出版的施蛰存、马祖熙二位先生根据《陈忠裕全集》卷三至二十所整理标校之《陈子龙诗集》卷十八《诗余》所收之词考之，计共得七十九首。而据陈寅恪先生《柳如是别传》之考证，其中有关柳氏之作，竟有二十一首之多。不过，本文之目的并不在考证陈、柳二人之爱情本事，而在要说明此一爱情本事对于形成陈词中富于感发潜能之特质有何重要影响。因此，我们首先要讨论的，遂并不是此一类词中之爱情本事，而是此一类词中究竟具有何种特质的问题。要想说明此一问题，我想先谈一谈陈子龙的好友李雯在《与卧子书》中所提到的"春令"之作。原来李雯及宋徵舆皆为云间（松江）人。据陈子龙自撰《年谱》（见《陈子龙诗集》下附录），在崇祯六年癸酉（1633年）《谱》中曾自谓其是年"文史之暇，流连声酒，多与舒章（按即李雯字）唱和，今《陈李唱和集》是也"。同年之《谱》中又载云："季秋，偕尚木（按即宋徵舆字）诸子游京师。"其后于崇祯十六年癸未（1643年），曾辑印三人所作诗为一集，题曰《云间三子新诗合稿》，陈氏曾写有一篇序文，谓"三子者何？李子雯、宋子徵舆及不佞子龙也。曩予家居，与二子交甚欢，衡宇相望，三日之间，必再见焉"（《陈忠裕全集》卷二十六），足见三人交谊之密切，而此三人则与柳如是皆曾有所交往。据李雯《蓼斋集》卷三十五所载《与卧子书第二通》曾言及所谓"春令"者，云"春令之作，始于辕文，此是少年之事。而弟忽与之连类，犹之壮夫作优俳耳"。我们在前文已述及宋徵舆与柳如是原有一段密切之关系。宋氏之诗文集今日虽未见流传，但顾贞观与纳兰成德合辑之《绝妙好词》（卷下）曾收有宋氏之词二十一首，多为旖旎缠绵之作，其所写为春景者有十五首之多。据《柳如是别传》之考证，陈、李、宋三人之词作中颇多牌调相同情旨相近的作品，而且部分词作也与柳如是和宋徵舆及陈子龙两人的爱情本事似有相关之处。而且李氏在《与卧子书》中又曾分明言及此"春令之作"及"少年之事"，则此一类作品之为写男女柔情之作，从而可知，纵然其爱情本事未必可以一一确指，但陈子龙与李雯及宋徵舆三人之皆曾留有此一类柔情之作，而且陈子龙在此一时期之《年谱》中，也曾自己写有"流连声酒"之自述。其词作中之部分作品确为"声酒"间的柔情之作，自是可以相信的。而这种写爱情的令词，则恰好有合于本文在前面所提出的歌词之词的一种特质，那就是此一类作品由于对旧传统之伦理道德之约束的突破，而于无意中形成的一种引人产生丰富之联想、足以唤起人内心中最为幽隐婉约之追寻向往之情意的一种潜在的功能，而这种功能也就正是唐五代令词之易于引人生托喻之想的一个重要因素。所以我认为陈子龙词之所以被称为"直接唐人"，有"有风骚之遗则"，事实上很可能就是由于陈子龙曾经既有过一段与柳如是的爱情本事，又有过一段"流连声酒"的浪漫生活，因而乃与唐五代的歌词之词在本质方面有了某种暗合的缘故。这应该是陈词之所以有其被誉为"上接风骚""得倚声之正则"之成就的"异数"之一。

不过，如我在前文所言，同是写美女与爱情的歌词之词，也有着两种不同的差别：一种写得较为具体和现实，遂不易引起读者之感发与联想；另一种则不作具体之写实，而由于此一类令词本身所具有的纤柔婉约的特质，使作者内心最为深隐幽微的情思，结合了其性格学养经历，在作品中有了无意的流露，于是使其作品充满了引人产生感发与联想的丰富的潜能。陈子龙词就恰好具备了足以引生此种潜能的多种质素。就令词发展言之，此多种质素所形成的感发之潜能，原是经历了由晚唐五代以迄北宋初年，由许多位作者逐层深入的发展而完成的。然而陈子龙却以一位单独的作者，既具有了不凡的性格和学养，又经历了一段不凡的忧患之遭遇，因此第二点我们所要提出来的就是要对陈氏的性格学养和经历之有合于令词感发之潜能的多种质素，作一番综合的论述。

陈子龙既是才人又是烈士。在明季的各种史传中，对其生平与为人都曾有不少记述。朱东润先生撰著的《陈子龙及其时代》一书，更综辑各种史料对于陈子龙的时代与生平作了深入的论述，本文对此当然不需再加重复。而且因为篇幅的限制，即使是对于陈氏之性格、学养、经历之有合于形成令词中感发潜能之质素者，本文也只能作简单的重点的讨论。首先我们要提出来一谈的，自然是陈子龙所生的忧患之时代在其创作中形成的一种忧患意识。陈子龙为松江华亭人，生于明神宗万历三十六年（1608 年）。当时的明室已是内忧外患接踵而至，经济既已处在大崩溃的前夕，加之阉宦之弄权、吏治之不修、乡绅之横暴，人民既无以生，乃纷纷揭竿而起。崇祯十七年三月，李自成攻入北京，思宗自缢死。当时关外满族建立的清政权已相当强大，于是吴三桂向其开关求助，清军于五月二日进入北京。当时马士英、阮大铖等人遂立福王由崧于南京。次年五月，南京失陷，鲁王以海遂于六月称监国于绍兴。而唐王聿键亦于闰六月称帝于福州，又次年唐王被执，桂王由榔即位于肇庆。在此数年间，江南各地曾经纷起义兵与南下之清军相对抗。陈子龙亦参加义军，为清兵所执，乘间投水死。当时陈氏不过四十岁而已。即使只从此一节极短之概述来看，陈氏一生所经历的危亡忧患之遭遇已经足可想见。何况陈氏之为人，据其好友夏允彝之记述，又是一位"好奇负气，迈越豪上""慨然以天下为己任，好言王伯大略"的人物（见《陈子龙诗集》下附录《癸酉倡和诗·序》）。当时张溥组复社于吴县，陈子龙与同郡夏允彝亦组几社于松江以相应和，复社务通声气，而几社则取友谨严，砥砺名节，以品格学问相尚。崇祯十年陈氏与夏氏同登进士。未几，以母丧归里，用世之志未展，乃与友人徐孚远、宋徵璧合力编成《皇明经世文编》五百余卷，又取徐光启遗稿编校为《农政全书》六十卷。崇祯十四年，陈氏为绍兴推官。正月，天寒大雪，饥民盈路。陈氏徒步雪中求富室发粟救亡。其自撰《年谱》中，曾记其事云："予蹑芒屦，策短筇，驰驱林麓中者累月。又设病坊，延名医治癃羸，不幸死者，官为瘗之，又设局收弃儿于道者，募老妪及乳媪饲之……前后活人十余万。"后以定东阳之乱，擢为兵科给事中。及福王立，遂应召赴南京。朝见后，即上疏三篇：一劝主上勤学定志，以立中兴之基；一论经略荆襄布置两淮之策；一历陈先朝治乱之由。而当事不能听。陈氏自谓："予在言路不过五十日，章无虑三十余上，多触时之言，时人见嫉如仇。"遂请疾还乡为父祖营窀穸之事。未几而南京失守，江南各郡纷起义兵。据《明末忠烈纪实·陈子龙传》所载，谓"松江起兵，子龙设太祖像誓众。……称监军左给事中"。八月三日，松江失陷，同郡夏允彝赋绝命词，自投深渊以死。陈氏念祖母年九十，不忍割，乃遁为僧。次年，其祖母病卒，陈氏乃受鲁王兵部职。时吴江人吴易受鲁王命为兵部侍郎，以五月登坛誓师，曾请陈氏亲临其军。未几而吴氏兵败。其后又有降清的辽将吴胜兆欲反正，其部下有人与陈氏为旧识，曾为之通消息。而吴胜兆以事泄被执。时有清军之巡抚土国宝谋乘此尽除三吴知名之士，而以陈氏为首。遂被执，系之舟中，陈氏伺守者之懈，乃猝起投水而死。（见《明史·陈子龙传》及《年谱》）

从以上的叙述来看，则陈子龙无疑是一位忠义奋发殉节死难的烈士，与其在令词中所表现的柔婉缠绵之情致，似全不相符。所以朱东润先生在其《陈子龙及其时代》一书中，乃将陈氏之一生分作三个阶段，以为其发展乃是由一位"文士"而成为一位"志士"再成为一位"斗士"的。

这种分别，就陈氏现实生活中所经历的过程而言，原是不错的，然而可注意的则是这种不同的发展，却本来是同出于其天性中所具有的深挚之情的一源。沈雄在其《古今词话》中，论及陈氏时就曾提出："大樽（陈氏晚号大樽）文高两汉，诗轶三唐，苍劲之色，与节义相符者。乃《湘真》一集，风流婉丽如此。传称河南亮节，作字不胜绮罗，广平铁心，《梅赋》偏工清艳，吾于大樽益信。"沈氏所提出的"河南"，指的乃是唐代名书法家褚遂良。褚氏曾封河南郡公，直言敢谏。唐高宗欲废王皇后立武昭仪，褚氏曾叩头流血以谏。亮节刚肠，为世所称。而其书法则颇具柔婉之致。至于"广平"，指的乃是唐代开元名相宋璟。皮日休在其《桃花赋·序》中曾称："余尝慕宋广平之为相，贞姿劲质，刚态毅状，疑其铁肠与石心，不解吐婉媚辞……而有《梅花赋》，清便富艳……殊不类其为人也。"（《全唐文》卷七九六）其实在中国文学史中，这一类具有此种相反而相成的两面性格的作者，原来颇不乏人。《四库全书总目提要》论晏殊词，也称其"赋性刚峻，而语特婉丽"。张溥《汉魏六朝百三家集题辞》在其为傅玄所写的《傅鹑觚集》题辞中，也曾提出说："休奕（傅玄字）天性峻急，正色白简，台阁生风。独为诗篇辛婉温丽，善言儿女。强直之士，怀情正深。"我认为张溥所提出的"强直之士，怀情正深"二句实在乃是触及了此一类双重性格之本质的具眼有得之言。不过"强直之士"是否果然就皆能具有柔婉之深情，或者柔婉深情之士是否果然就皆能具有强直之操守，则又当分别观之。私意以为所谓"强直之士"原可能有两种不同之类型：一类是由道德礼法等外在之观念教条所形成的强直之士，另一类则是由本心中深挚之情性所形成的强直之士。前者之外貌虽亦有强直方正之姿，然而往往不免有失于质木无文之病；后者则往往不仅有强直之操守，而且还能饶有柔婉风流之文采。此其分别之一。再就"怀情正深"言之，私意以为亦可分为两种不同之类型：一类虽然有缠绵柔婉之深情，然而其用情却只限于对小我的自私的男女之爱；另一类则是在内心中具有一种真诚深挚之本质，不仅对男女之爱是如此，对君国之忠爱也同出于此深挚之一源。前者虽然亦复可以有一种柔婉之深情，然而往往会因其用情之狭隘，而不免流于浅薄柔靡；后者则由于其用情之深广，而往往可以有一种高远之意境。而陈子龙词则无疑属于后一类情况。这种"强直之士，怀情正深"的性格上的双重特质，再加上了陈氏所生活之时代给他的一份忧患之意识，因此使得陈子龙词具有了一种可以引人产生感发与联想的丰富的潜能。所以况周颐在《蕙风词话》中，赞美陈词，谓其"含婀娜于刚健，有风骚之遗则"。而这种将作者之性格、修养与忧患意识融入令词的创作，产生了丰富之潜能的特殊成就。在五代至北宋初期，原是由许多位作者逐渐完成的，而陈子龙竟然以单独的个人而具含了此多种潜能之质素。而且此多种质素之融会，又皆出于自然之巧合，而全非出于有心之追求与造作，这正是我之所以称陈子龙词之成就为一种因缘巧合之"异数"的主要缘故。

三

以上我们既从理论方面对五代及北宋初期之令词在发展中所形成的一些富于感发之潜能的质素作了相当的探讨，又从陈子龙之生平经历及性格学养各方面，对陈词之所以能具含这些质素的因缘巧合的"异数"作了相当的论述。然而，不论是如何丰富美好的质素，却毕竟要借助于作品的文字来加以表达，因此下面我们将选取陈氏的几首令词，来尝试对之略加评说，以与我们前面所作的论述互相印证。为了叙写的方便，我把陈词试分以下几个层次来逐步讨论。

我所要举引的第一类词，乃是陈氏的一些纯写柔情的本事之作。这一类词我想举陈氏的一首《踏莎行·寄书》作为代表：

> 无限心苗，鸾笺半截。写成亲衬胸前折。临行检点泪痕多，重题小字三声咽。　　两地魂销，一分难说。也须暗里思清切。归来认取断肠人，开缄应见红文灭。

据《柳如是别传》之考证，此词当为陈氏与柳氏的酬和之作，柳氏有同调同题词一首，云："花痕月片，愁头恨尾。临书已是无多泪。写成忽被巧风吹，巧风吹碎人儿意。　　半帘灯焰，还如梦里。销魂照个人来矣。开时须索十分思，缘他小梦难寻你。"（此据大东书局 1933 年影印董氏诵芬室《众香词》引录。《别传》以为"你"字为"味"字之讹写。）从这两首词之牌调与题目之相同，及"开时须索十分思"与"开缄应见红文灭"等辞意之相近来看，《柳如是别传》以为当为陈、柳二人酬和之作，此说当属可信。此一类词，私意以为可归属于本文在前面所述及的唐五代歌词之词中以写美女与爱情为主之作品的第一类作品，也就是以写现实中具体的爱情与美女为主的作品。此一类作品虽然在唤起读者之感发与联想的潜能方面似有所不足，然而仍具有属于词所特有的一种纤柔婉约之美，而且还更有一种质直深切的属于唐五代艳词之本色的特质。关于唐五代的这种质直真切的艳词，有一些读者也许会因其缺少言外引人联想的感发之潜能，而不予重视；另一些读者也许又会因其过于质直过于香艳而不欲对之加以称述，然而这种笔法质直、情感真挚的写爱情的艳词，却正是其后之所以能发展出多层次之感发潜能的一项基础。关于此点，我以为在历代词评家之中，当以况周颐为对之最有深切的体认，且曾作过大胆的肯定。即如况氏在评顾复词时，即曾谓："顾复艳词多质朴语，妙在分际恰合。"又云："顾太尉，五代艳词上驷也。工致丽密，时复清疏，以艳之神与骨为清，其艳乃入神入骨。"又曾对欧阳炯的一些艳词也极致赞美，谓其"艳而质，质而愈艳。行间句里，却有清气往来"（此评语不见于况氏《蕙风词话》，乃据龙榆生《唐宋名家词选》转录）。如果持此一标准以衡量陈子龙的这一类纯写爱情的令词，我们就会发现陈氏之词确乎与之颇有相合之处。即以此词而论，如其"写成亲衬胸前折"之句就颇有"艳而质，质而愈艳"的特色，而其"归来认取断肠人，开缄应见红文灭"等句，则又颇有"清气往来"其间。这一类词虽然未必能引发读者什么丰富的感发与联想，但其质朴深挚的本色的感情质地，却正是陈子龙词之所以能"直接唐人"，而且能发展出其富于感发潜能之成就的基本原因。而陈子龙之所以能写出这一类艳词，则除去我们在前文所述及的他与柳氏的一段遇合使其在生活方面经历了与唐五代词人相近似的"绮筵公子，绣幌佳人"的生活以外，另一方面更值得注意的，则是陈氏自己对词之写作也有重视这一类词的观念和勇气。即如他在《幽兰草·词序》中就曾说："自金陵二主以至靖康，代有作者，或秾纤婉丽，极哀艳之情；或流畅澹逸，穷盼倩之趣。然皆境由情生，辞随意启，天机偶发，元音自成。"又云："吾友李子宋子，当今文章之雄也，又以妙有才情，性通宫徵，时屈其班、张宏博之姿，枚、苏大雅之致，作为小词，以当博弈，予以暇日，每怀见猎之心，偶有属和，宋子汇而梓之曰《幽兰草》。"（《安雅堂稿》）从这一段话来看，则陈氏之不鄙薄这一类"哀艳"

"盼倩"之作，其观念固属显然可见。何况他还曾明白表示了他之写作此一类令词，原来乃是"以当博弈""见猎"心喜的游戏之作。而我以为也就正是这种并非出于有心造作的随意自然的写作态度，才使他掌握了唐五代宋初之令词所特有的一种活泼而富于感发的基本特质。这也正是我之所以选录了这一首词来作为陈氏之第一类作品例证的主要缘故。

第二类词，我们所要举引的，乃是陈氏的一些虽亦属于柔情之作，然而却并无现实具体之情事可以确指，因而别具一种富于感发之远韵的作品。这一类作品我们将举陈氏的一首《忆秦娥·杨花》词为例证，现在就先把这首词抄录下来一看：

> 春漠漠，香云吹断红文幕。红文幕，一帘残梦，任他飘泊。　　轻狂无奈东风恶。蜂黄蝶粉同零落。同零落，满池萍水，夕阳楼阁。

这首词的题目是"杨花"，而柳如是本姓杨氏，因此一般而言，在陈子龙的诗词中颇有一些叙及杨柳或杨花的作品，多是与他和柳如是之间的爱情本事有关之作。即如其词中之

《浣溪沙·杨花》一首，据《柳如是别传》考证，就曾以为是与柳氏有关之作。词云："百尺章台撩乱吹，重重帘幕弄春晖。怜他漂泊奈他飞。　　淡日滚残花影下，软风吹送玉楼西。天涯心事少人知。"（《陈子龙集》）又如其《青玉案·春暮》一首，《柳如是别传》以为亦与柳氏有关，可能为陈氏迫于家庭环境而终不得不与柳氏忍痛分手时所作。词云："青楼恼乱杨花起。能几日、东风里。回首三春浑欲悔，落红如梦，芳郊似海，只有情无底。　　华年一掷随流水。留不住、人千里。此际断肠谁可比。离筵催散，小窗惜别，泪眼栏干倚。"（《别传》第三章）至于本文现在所举引的这一首《忆秦娥》词，题目虽亦为"杨花"，然而《柳如是别传》中对此一词却并无任何有关陈柳二人的爱情本事之考证。而私意以为此词之不必有任何本事之指说，实在也就正是此一词的佳处之所在。以下我们就将对这三首与"杨花"有关的词，略作比较和说明。约言之，则《浣溪沙》一词全篇皆以"杨花"为主体，开端一句用"章台柳"之故实，既点出了所咏的"物"，也暗喻了柳氏之姓名及身份。通篇皆能将"物"与"人"融为一体，是写所咏之"物"杨花的漂泊无依，也是写所咏之"人"柳氏作为一个章台女子的漂泊无依。写得情景交融，俊逸真切，自然是一首佳作。只是因为过于被所咏之"物"与所喻之"人"拘限，因此缺少了一种可以引发读者丰美的自由联想的意趣。至于《青玉案》一词，则开端一句虽然也是写"杨花"，然而题目所咏的却是"春暮"，因此其主题所写的实在乃是春光之短暂无常，开端写"杨花"的"能几日、东风里"的生命之短暂，也是作为"春暮"的韶光易逝的衬托之形象来叙写的。而春光之易逝在象喻一层的暗示来说，正表现了一切美好事物的短暂无常，所以下半阕乃引申而写出了"华年一掷""离筵催散"等人事之堪悲，而结之以"泪眼栏干倚"既是怨别也是伤春。通篇将伤春与怨别结合写出了多方面多层次的哀悼之情，自然是一篇佳作。而篇中最为使人惊心动魄的处所，我以为实在乃是"落红如梦，芳郊似海，只有情无底"三句形象与情意相生的情景交融的有力叙写，此三句不仅以"落红"及"芳郊"两个形象写尽了如晏殊《踏莎行》词所写的"小径红稀，芳郊绿遍"的春暮景色，而且更以"如梦"和"似海"两个述语的形容，传达了与情意相结合的一种象喻的气氛。上句的"落红"表现了一切美好事物的消逝无常，而"如梦"的述语则表现了对一切已消逝之事物的怀思无尽。下句的"芳郊"表现了"红稀""绿暗"春光已逝后的结果与下场，而"似海"的述语，一方面既可以承接上句的"落红"表现花落难寻的无边的哀感，一方面又可以与下句的"情无底"相呼应，表现诗人似海的无尽深情。虽然此词据《柳如是别传》之考证，可能为陈子龙与柳氏分手时的伤别之作，但是这三句叙写中所蕴含的感发力量，却足可将此一本为伤春怨别的写现实情事的作品，提升到了一种象喻的层次。只不过这首词的结尾，自"此际断肠谁可比"句以下，却毕竟写得过于现实，因此使得这首词的意境又自象喻一层跌回现实的本事之中了。

至于本文前面所举的《忆秦娥》一词，从题目来看，其所写者自然是与前引《浣溪沙》一词相同的以"杨花"为题的咏物之作，只不过在叙写的手法方面，二者却有着极大的差别。《浣溪沙》所写者，主要以杨花的漂泊无依的哀感为主，写得较单纯、直接。而《忆秦娥》所写者，则层次较多，方面较广，因此也就有了更为丰美的感发意趣。先说首句"春漠漠"三个字，以"漠漠"写"春"，只短短两个字的形容，就把所有的读者都笼罩在广漠无边的春日之景色与感受之中了。而继之以"香云吹断红文幕"，"香云"所指的自然乃是题目中的"杨花"，"吹断"则是写其由吹来而萦拂而终至于吹尽的一段历程，而"红文幕"则是此"香云"所吹粘萦拂的所在。但此两句词所传达出来的，却实在已不仅是杨花曾经吹拂在一个帘幕之上的一件现实情事，在其文本中的很多字质之内，还蕴涵了丰富的象喻的潜能。即如"香云"一词的"香"字，既传达了一种芬芳美好的本质，又提供了一种浪漫多情的暗示，"云"字则既写出了杨花的飘泊的形貌，也表现了一种绵渺悠扬的情致。再如"红文幕"一词，"红"字的颜色之鲜浓，"文"字的花纹之绮丽，所表现的也同样是一种美好而多情的品质，与上面的"香云"一词，在品质上恰好互相承应，不仅加强了象喻的色彩，而且以"香云"而吹拂于"红文幕"之上，更当是一种何等幸福美好的遇合，而其间的"吹断"二字则写尽了此一段美好之遇合，由相遇而终至于断尽难留的一场悲剧历程。下面的"红文幕"三字的重复，则以此三字之重复所造成的顿挫，表现了对此一"红文幕"所遭遇之悲剧的深重哀悼。而且陈词中屡用"红文"二字，也可能更有其个人之事典，不过那就不是我们一般读者可测知的了。至于下面的"一帘残梦，任他飘泊"两句，则所写者已是回顾中的感伤，空余下"一帘残梦"的怀思，完全无补于"任他飘泊"的分离。仅以此上半阕而论，我想读者们已经可以清楚地感受到陈子龙这一首小词的意蕴之丰美了。

下半阕过片一句"轻狂无奈东风恶",则是在回顾之余追想造成此一悲剧之因素,乃全由于外在环境的恶劣和摧残。而下面更继之以"蜂黄蝶粉同零落",则是写此外在的摧残力量之强大,不仅吹断了飘泊的"香云",也摧残了一切多情的蜂蝶。"蜂"而曰"黄","蝶"而曰"粉",正所以写"蜂"与"蝶"的美好多情,而继之以"同零落",则是写一切美好之事物之同归于零落无存。以下再重复一句"同零落",更强地表现了此摧残零落之无可逃避。而最后总结之以"满池萍水,夕阳楼阁"。"萍水"一句,重新点明题旨所咏之杨花,用苏轼《水龙吟·次韵章质夫杨花词》"晓来雨过,遗踪何在,一池萍碎。春色三分,二分尘土,一分流水"诸句,盖苏东坡此词曾自注云"杨花落水为浮萍",故陈词曰"满池萍水",则是写此杨花不仅已经被东风摧残落尽,更已落入水中化为异物之"萍",如此则是此杨花之飘零断灭乃更无挽回之余地,真是写得沉悲极痛,令人心断望绝。写物至此,可以说是用笔已到极处,本已更无可写,而陈子龙乃蓦然腾跃而出,写下了"夕阳楼阁"四个字,这真是一句神来之笔。此句自表面看来虽似与杨花全不相关,然而事实上却不仅是一句极贴切的收束,而且还在言外含有极深的悲慨。原来陈氏此词在上句的"萍水"既用了苏东坡的词，而此句的"夕阳楼阁"则使人想到欧阳修的一句词。欧阳修曾写过一组六首《定风波》词，极写伤春的哀感，其第五首开端曾有"过尽韶华不可添，小楼红日下层檐。春睡觉来情绪恶，寂寞，杨花缭乱拂珠帘"之句。陈子龙此一首《忆秦娥》咏"杨花"的词，既然从一开始就写了"香云吹断红文幕"和"一帘残梦"等句，则与欧词之"杨花缭乱拂珠帘"一句，岂不大有可以相通之处？而欧词在此句之前，则恰好写有"小楼红日下层檐"之句，红日之下楼檐，正是极写韶华过尽之更不可稍作添延，如此则杨花之缭乱飘零自然也无挽回之余地。如果以陈词与欧词相比照来看，我们就会发现欧词之"杨花"与"珠帘"之关系仍在缭乱萦拂之中；而陈词之"香云"与"红文幕"之关系则是从一开始便已经"吹断"了，是则陈词所写者固已是较欧词更深一层的绝望的悲哀。再则欧词直写"杨花"和"珠帘"，而陈词则代之以"香云"和"红文幕"，在强调多种美好之品质的同时，遂使得陈词似乎较之欧词之直写现实者更多了一层象喻意味。何况陈词在象喻意味中，不仅把"香云"和"红文幕"的遇合写成了一场"吹断"的悲剧，而且还把"蜂黄蝶粉"等一切美好的多情的事物，都写到了同归于"零落"的下场，而终至于"吹断"的杨花竟已化为"满池萍水"之异物。如此层层写下来，在一切美好多情之事物皆已摧伤殆尽之时，天地宇宙之间更有何物之存留？于是陈氏乃写下了结尾一句的"夕阳楼阁"。夫"夕阳楼阁"不仅为无情之物，而且"楼阁"之高寒寂寞与"夕阳"之沉没难留，更显现了一种心断望绝之后的面对定命的哀感，而陈氏却全出以客观写景之笔，将极深的悲慨都融入了闲淡悠远的景色叙写之中，较之直叙乃留给了读者更多的回思的余味。这种叙写实在是陈氏极为擅长的一种笔法。即如前面所举引的《青玉案·春暮》一词，其前半阕之"落红如梦，芳郊似海"，还有陈氏的一些其他名作，如其《诉衷情·春游》一首的"一双舞燕，万点飞花，满地斜阳"，以及其《柳梢青·春望》一首前半阕的"陌上香尘，楼前红烛，依旧金钿"和同词后半阕的"绿柳新蒲，昏鸦暮雁，芳草连天"等句，就都是以两个或三个四字句，在表面上似并不相干的纯写客观的景象之层转中，传达出无限蕴藉深微的情意。而有时陈氏也会以两句看似不相干的情语，或一句景语一句情语的跳接，传达其含蓄蕴藉的不尽的情意，即如此词前半阕之"一帘残梦，任他飘泊"和另一首《眼儿媚》词中的"只愁又见，柳绵乱落，燕语星星"等句，就是很好的例证。虽然这些四字句本都是词调的固定格式，但是不同的作者在填写这些词调时，却往往可以因其微妙的运用而产生截然不同的效果，只是本文在此处来不及对此多作比较和发挥了。

总之，陈子龙的这一首词，从"杨花"的标题来看，当然原属一首咏物之作，从杨花与柳氏的联想来看，当然也可能有暗指与柳氏之一段爱情本事的可能。然而从其叙写表现来看，却不仅已超出了所咏之物的杨花，而且也不必更作喻说为任何本事的实指，而就在其叙写之中本身已呈现为一种可以提供给读者丰富之感发与联想的感情意境。王国维在《人间词话》中曾提出："词以境界为最上，有境界则自成高格，自有名句。五代北宋之词所以独绝者在此。"陈子龙这一首词可以说就是能具有五代北宋之词这一类境界的作品。也就是我在前面所说的，虽亦属于柔情之作，却并无现实具体之情事可以实指，因而乃别具一种富于感发之远韵。

第三类词我们所要举引的乃是陈氏的一些具有忧患意识的作品。关于这类词，我们将举陈氏的一首《点绛唇·春日风雨有感》为例证。现在就先把这首词抄录下来一看：

满眼韶华，东风惯是吹红去。几番烟雾，只有

花难护。梦里相思，故国王孙路。春无主，杜鹃啼
处，泪染胭脂雨。

本文在前面已尝试将陈词分为第一类纯写柔情之作和第二
类虽写柔情却富于感发之远韵之作，现在又提出了第三类
具有忧患意识之作。这一切分别其实只是为了叙写方便，
从表面所作的区分而已；若究其本质，则私意以为此三者实
乃互相关联而有可以相通之处者。即如其在纯写柔情之作
品中所表现的专一而且深挚的感情之品质与用情之态度，
就可以视为陈词中的一种基本之质地，无论其所写者之为
儿女之柔情，或者为家国之忠爱，这种品质和态度都是不变
的。这自然是其可以互相关联而相通的一个因素，而且陈
氏在经历其与柳氏遇合之爱情本事时，同时也正经历着家
国的忧患，这自然是其可以相互关联而相通的又一因素。
即如陈子龙在其自撰《年谱》中，于崇祯六年叙及其"文史
之暇，流连声酒"之生活时，就同时又写下了"是时，乌程
当国（按乌程指温体仁，见《明史·奸臣传》），政事苛促
……相对蒿目而已"，表现了对国事的忧患之思。因此在陈
子龙的诗中，曾留下了不少将儿女柔情与忧患之思相并举
的诗句，即如其在与柳氏相识后一年所写的《癸酉长安除

夕》一诗中，就既写了"去年此夕旧乡县，红妆绮袖灯前见"之句，又写了"今年此夕长安中，拔剑起舞为谁雄"之句，把"红妆绮袖"的儿女柔情与"拔剑起舞"的豪杰之志作了明白的对举。又如其在崇祯六年季秋曾写有七古一首，题曰："予偕让木北行矣，离情壮怀，百端杂出，诗以志慨。"据《柳如是别传》之考证，也曾以为"'离情壮怀，百端杂出'之'离情'，即为河东君而发，'壮怀'则卧子乃指其胸中经世之志略"，而且在这首诗中，陈氏既写有"美人赠我酒满觞，欲行不行结中肠"之句，表现了缠绵婉转的儿女之柔情；又写了"不然奋身击胡羌，勒功金石何辉光"之句，表现了慷慨激昂的报国之壮志，也同样是将二者作了明白的并举。

关于诗人之可以同时兼具这两方面的双重性格，我在本文前面已举引过沈雄《古今词话》中论陈子龙词的评语和张溥《汉魏六朝百三家集题辞》中论傅玄诗的评语，提出过"强直之士，怀情正深"之说，所以陈子龙作品中之同时表现有此类性格风貌，本来并不足异。而值得注意的则是陈子龙在诗中用以表现此双重性格的方式，与他在词中用以表现此双重性格之方式，二者实在并不相同。正如前文所言，一般而论，诗之写作较偏于显意识之叙述，而词之写作较偏于隐意识之流露。因此在陈子龙诗中，无论是对于儿女之柔情，或对于报国之壮志，都有较明白的叙写，而且往往将二者作明白之并举。然而在陈子龙的词作中则往往将二者相结合，作一种幽微要眇之传达。因此在其写爱情的词中，往往隐含有一种忧患之底色，而在其写忧患之词中，也往往隐含有一种爱情之底色。而且还有更值得注意的一点，那就是其忧患意识之反映于诗者与其所反映于词者，在内容方面也并不相同。在其诗作中所表现之内容，往往为作者显意识中的一种主观的报国杀敌之愿望，而在其词作中所表现之内容，则往往为作者隐意识中的一种对于家国沦亡的无可奈何的悲悼。就中国儒家之修养而言，固早有"知其不可而为之"之说，陈子龙在诗中所表现的乃是作为一个报国之烈士的"为之"的主观愿望，而在其词中所流露的则是作为一位善感之词人的"知其不可"的忧危的哀感。也正是由于这种复杂的心态，遂使陈子龙的词蕴涵了一种幽微要眇的可以引发读者之丰富的感发与联想的潜能。而我们现在所要讨论的这一首《点绛唇》词，可以说正是陈词中之具有此种特色的一篇代表作。

这首词的题目乃是"春日风雨有感"，仅就此一标题而言，就已经隐含了一种引人产生喻托之想的潜能。首先是

"风雨"一词在中国诗歌之传统中早就成为可以引人产生喻托之想的一个语码。《诗经·郑风》中有一篇标题为《风雨》的诗篇，《毛传》以为"风雨"所喻言的乃是"乱世"，而后世的词人则更常以"风雨"喻言人生中的种种挫伤和苦难。即如苏轼在其贬居黄州之后所写的《定风波·莫听穿林打叶声》一首词中，就曾有"回首向来萧瑟处，也无风雨也无晴"之句；辛弃疾在南渡以后不能实现其北伐之壮志而遭到挫折打击时，所写的一首《水龙吟·登建康赏心亭》词中，也曾有"可惜流年，忧愁风雨"之句。这些词中的"风雨"所喻托者，正为作者在生活中所经历的挫折和苦难。以陈子龙的时代及身世而言，其《点绛唇》词题中的"风雨"之含有喻托之潜能，当然是极为可能的。而更可注意的则是陈氏此词之标题，在"风雨"之上还有"春日"二字。夫"春日"所代表者自然应是万紫千红的美好的季节，而"春日"之"风雨"自然也就喻示了外在的挫伤打击对一切美好之事物所造成的破毁和摧残。但陈氏标题所写的却还不只有"春日风雨"，还有在"春日风雨"之环境中作者因"有感"而引发的一种幽微深隐的内心的感发活动，故曰"春日风雨有感"。昔况周颐论词之创作，就曾提出"吾听风雨，吾览江山，常觉风雨江山外，有万不得已者在，此万不得已者，即词心也"。夫"词心"而曰"万不得已"，则此词心之为真诚深挚更复要眇幽微自可想见。陈氏此词既是"风雨有感"，与况氏所谓"风雨江山外有万不得已者"固正有暗合之处。而况氏对此难以言说之"词心"还曾更加以引申说明，谓"吾苍茫独立于寂寞无人之区，忽有匪夷所思之一念，自沉冥杳霭中来，吾于是乎有词。洎吾词成，则于顷者之一念若相属若不相属也。而此一念方绵邈引演于吾词之外，而吾词不能殚陈，斯为不尽之妙"（《蕙风词话》）。而陈子龙的这一首《点绛唇》词，可以说就恰好是表现了这一种"绵邈引演"的"不尽之妙"的作品。

先看这首词开端的"满眼韶华，东风惯是吹红去"两句，如我在《迦陵随笔》中论及"感发之作用""感发之联想"和"感发之本质"的几篇文稿所讨论，一首词中所传达的感发之力量的大小强弱，原来都当以其文本中所蕴含的感发之潜能为依据，而形成此潜能的因素则在于其文本中的具有微妙之作用的一些字质语法等显微结构。即以此《点绛唇》词的开端两句而言，其首句"满眼韶华"之所指者，固当为眼前春日之景物的万紫千红。也许有人会以为诗歌中的形象要以鲜明具体为好，然而陈氏此句"满眼韶华"的概括的叙述，却实在传达出了"万紫千红"之鲜明具体的叙写所不能传达出来的更丰富的潜能。因为具体的形象虽有鲜明真切的好处，但往往也有了约束和局限，"万紫千红"所指者只能是春日的花朵，而"满眼韶华"则可以包举天地间之鸟啼花放云行水流等一切春日的美好景物和形象。而且"满眼"的"满"字既可以给读者一种丰富的包举之感，"眼"字又可以给读者一种如在目前的真切之感。因此这一句虽是极抽象概念的叙写，却充满了饱满的精力，写出了春日韶华之盛美。但下句的"东风惯是吹红去"则在与上句的承接之中表现出一个有力的反跌，直恍如禅家的当头棒喝，不仅把上一句的"满眼韶华"一笔扫空，而且更表现得如此悲哀无奈。曰"东风"，正与题目中的"春日风雨"之"风"相应合，象喻了春日中的一份摧伤打击的力量；曰"惯是"，则显示出此挫伤打击之不断地发生。又继之以"吹红去"三个字，"吹"字写摧伤之力的来到，"红"字写被摧伤的韶华之美好，"去"字写韶华之终于断尽难留。短短的三个字，充分写出了一切美好事物终被摧残殆尽之无可遁逃。只此开端两句，实已喻现了一幅充塞于天地之悲剧场景。下面的"几番烟雾，只有花难护"两句，则是对前三句的推演和承应。曰"几番"正所以呼应前句的"惯是"，进一步写外来的摧伤打击之不断发生无可遁逃，只不过前句的"东风"是一种单纯的摧伤的力量，而此一句的"烟雾"则其情致乃更为哀惋凄迷，所表现的已不只是单纯的摧伤，而是在雾朝烟暮中的不断销蚀和承受。至于"只有花难护"一句，则是对前一句"吹红去"的承应，此句之"花"，自然就是上一句的"红"，只不过上句的"吹红去"所写的还只是美好之事物被摧毁的一个现象而已，而这一句的"只有花难护"所写的则已是诗人对此一现象的深切哀悼。曰"只有"，曰"难护"，其充满悲苦的痛惜而无可奈何的一片情意，实在写得极为深切哀惋。

如果只从表现情意来看，此词上半阕四句所叙写者，原只是在春日中风雨摧花的一种大自然的现象，以及诗人对此自然界现象所产生的一种哀感之情而已。然而由于此开端的"满眼韶华"之概念的包举，"惯是"和"几番"的口吻之重复，以及"吹红去"三个字以重点所表现的悲剧感，遂使得这一首小词隐然有了可以引人生言外之联想的丰富潜能。如果就陈氏之生平及其时代言之，则陈氏与柳如是的一场爱情悲剧，以及陈氏所身历的家国忧患，当然都可能是使其形成此种感发之潜能的一些重要因素，而且我在前文也提到，陈氏词中之儿女之情与忧患之思往往相关联和相融合。所以此词前半阕之所写实可以同时兼含此两种之悲慨；只不过因其下半阕有"故国"字样，因此我遂将此词归入了家国忧患之思的作品。同时我在此还想顺便声明一句，那就是我们在前面所评说的《忆秦娥·杨花》一首词中所表现的杨花零落、春光老去的深悲，实在也同时可以寓含有兼指两种悲慨的潜能，只不过那一首的标题是"杨花"，与柳氏之姓名有暗合之处，为了解说时之方便起见，所以我就将之归入柔情之作了。至于现在这首词，则除去"故国王孙路"一句表现了较明显的家国之思外，其他各句同时也兼含有两种悲慨的潜能。即如"梦里相思"一句，其所指者就可以既是"故国梦重归"的"梦里相思"，也可以同时又是"几回魂梦与君同"的"梦里相思"。总之无论其为家国之思或儿女之情，"梦里相思"所表现的都是一种魂梦牵萦的深挚怀念。只有下面的"故国王孙路"一句，才较明白地点明了家国的悲慨。而这一句的妙处，实在于最后一个"路"字，盖以"故国王孙"四个字较为明白易解，杜甫在安史之乱长安沦陷玄宗出奔以后，就曾写有标题为《哀王孙》的一首诗，表现了对故国乱亡首都沦陷之际皇室王孙流离失所的悲慨，而明末败亡之情况正有类于此，故曰"故国王孙"。至于"路"字之妙，则使人联想到《楚辞·招隐士》一篇中的"王孙游兮不归，春草生兮萋萋"，而其所谓"春草生”的处所，自应就是王孙远游而不归的天涯路。现在陈子龙乃以一“路”字直承于“故国王孙”之下，于是遂产生了多重的联想作用：一则可以从“路”字联想到王孙的不归，于是更加深了对于家国败亡后的怀思和悲慨；再则又可以因“路”字而联想到“春草萋萋”，而由此回应题目中的“春日风雨”，使之增加了一种“清明时节雨纷纷，路上行人欲断魂”的凄怨迷离之致。凡此种种，自然都是诗人在“春日风雨”中，“吾听风雨，吾览江山”后所引发的一种“万不得已”的词心。而结之曰“春无主，杜鹃啼处，泪染胭脂雨”。“春无主”三个字写得真是有无穷的幽怨。夫“满眼韶华”既然已都被东风吹尽，而“相思”“故国”又已经归去无从，春去难留，问天不语，则此春光之长逝，乃更有何人为主？故曰“春无主”。短短三个字写出了心断望绝以后而又无可奈何的一片深情。更继之以“杜鹃啼处，泪染胭脂雨”。夫“杜鹃”之为物亦可以使人有多重之联想：一则杜鹃之啼声，相传其音有如“不如归去”之说，如此则可以与前面的“王孙路”相承应，表现已经归去无路以后而依然想要归去的一份刻骨的相思；再则杜鹃鸟之啼，可以代表春光之消逝，如此则可以与前面的“满眼韶华，东风惯是吹红去”相承应，表现有一份韶华不返、落红难护的深悲。

三则在中国文学传统中更相传有蜀望帝死后其魂魄化为杜鹃的传说，如此则可以与"故国"相承应，表现有对故国君主的一片悼念和怀思。而在此多层次的悲怀悼念之中，最后以"泪染胭脂雨"五字的痛哭之泪作了全篇整体的结束，不仅笔力沉着深挚，而且字字都与通篇的叙写有着呼应和承接。"泪"字和"雨"字都与这首词题目中的"风雨"之"雨"字相呼应，盖以此词之标题原是"春日风雨有感"，上半阕的"东风"一句，有"风"而无"雨"，所以特在结尾之处明白点出"雨"字，此其呼应之一。再则"胭脂"二字则与此词上半阕之"吹红去"和"花难护"两句相呼应。曰"红"，曰"花"，曰"胭脂"，遂使春日风雨中之花朵一化而为忧患苦难中之人事，花上的雨滴也就是人间的泪点，其潜能之丰富，象喻之深广，层层之呼应，把一片伤痛之情写得如此缠绵往复，百转千回。这真是一首可以作为陈子龙令词中之既具有忧患意识且蕴含丰富之潜能的代表作。

关于所谓令词之潜能，以及对于形成这种潜能之质素的分析，是我近年来透过对于词之起源、特质和流变之探讨所归纳出来的一点个人的体会。我以为如果以这一点体会为依据，我们不仅对张惠言和王国维二家的比兴说及境界说可以作出较具理论性的更好的说明，而且对于个别词人的令词之作，也能作出更好的解说和衡量。大抵张惠言之说词重在语码之联想，而王国维之说词则重在字质及语法等显微结构所予人之感发。我们对陈子龙词之评赏大抵也就是从这两种评说方式所作的探讨和分析。关于详细的理论，我近两年曾写有《迦陵随笔》十五则及《对传统词学与王国维词论在西方理论之观照中的反思》和《王国维词论及其词》诸文，可以供读者们参考。至于令词潜能之发展的三个阶段与三种质素，则是我在本文中才提出的一个较新的看法。如果依照我所提供的这三种质素来对陈子龙词加以归纳和说明，则陈子龙与柳如是之爱情本事、陈子龙所经历的忧患之遭遇，及其个人之才情、志意和襟抱，当然都是促使其令词中含有丰富之潜能的重要因素。前二者属于机遇，后一者属于本质。而在此三种质素中，则本质无疑乃是其中更为基本的一项质素。在这方面，陈子龙自然是具有过人之本质的一位优秀词人。而更值得注意的，则是陈氏在前二种质素的机遇中亦自有其过人之处：首先陈子龙与柳如是之爱情本事，与晚明一些名士的风流浪漫的行为便有着明显的不同，因为柳如是本身也就与一般当歌侑酒的歌妓有所不同。从陈寅恪先生所写的《柳如是别传》来看，我们便可认识到柳氏实不仅是以色艺取胜而已，她同时也是一位既有过人之才情，且有忠烈之意志的不凡的女子。因此陈先生在其书中乃对柳氏之支持复明运动，及其最后在钱谦益死后为钱氏家难而殉节的行事，立有专章为之论述。陈氏的爱情对象既是如此一位不凡的女子，则此一爱情本事之可以对陈氏令词之创作激发起丰富的潜能自不待言。其次陈氏在破国亡家的遭遇中，既曾亲自领导和参与了义军的起事，而且事败之后终以身殉，这自然也就与一般人所经历的忧患有了明显的不同，因此也就在他的词作中更加强了丰富的感发的潜能。而正是这种种因缘巧合的异数，使得陈子龙的词不仅重新振起了令词中这种潜能之特美，而且更以其感发之潜能中的真挚而鲜活的生命，开出了有清一代的"词学中兴之盛"。虽然以后清词之演进，已经脱出了陈氏的令词之范畴，而有了浙西、阳羡和常州诸派的更大的发展，但使得词之生命从明代的空洞衰微中重新复活起来的，却不得不推陈子龙为一个转变风气的重要作者。

经过了以上的讨论和说明，我们对于清代词评家之所以推重和称美陈词，谓其可以"直接唐人""有风骚之遗则""得倚声之正则"等评语，自然也就可以获得更明白和更正确的了解。至于评者又谓陈子龙为"重光后身"，更谓其可以"上追六一""下开纳兰",凡此诸说,若就其意指诸家词之同具有鲜活之生命与丰富之潜能而言,这些作者自然基本上有相似之处。然而若就每一位作者之特殊风格言之,则实在又各有自家之风貌。只是本文之篇幅已嫌过长,自不暇更在此作详细的比较和论述。我不久以后还计划写一篇《论纳兰词》的文稿,希望在那篇文稿中,能对此诸家之异同优劣再作一次较详的讨论。

1989 年 7 月 30 日写毕初稿

8 月 12 日完成定稿于美国康桥哈佛燕京图书馆

原载《四川大学学报》1990 年第 1 期

说李雯词

词的微妙在于它有一种特别的美学特质，它的美学特质是以曲折深隐、富于言外之意为美的，读者阅读后，可以生出很多联想，词是以这样的作品为好。不同的文学体式有它自己的美感特质。我以前说过：诗是以感发为主，是明白地写自己的感情和志意，是以引起读者之感发者为好；曲子是以痛快淋漓为主的，你一念，气势很盛，当下就感动了，曲是以这样的作品为好。可是词不是的。词与诗的直接言志不一样，与曲子的痛快淋漓也不一样。词在初起的时候与《花间集》的特殊性质有很大的关系。《花间集》的词写的大都是美女跟爱情，但如果全只是美女跟爱情就显得很浅薄。有一些作品表面上虽然也是写美女跟爱情，但是却可以给读者很丰富的联想，这样的词就是好词。不但从《花间集》的作品开始就形成了词的这种美学品质，就是当词发展到了苏东坡以后——虽然苏东坡的词不再是歌词之词，苏东坡是用写诗的方法来填词，是自己言志、写自己的感情和志意的诗化的作品。这一类作品之中有的有诗的美学特质，是好的诗但却不是好的词——好的词，就像苏、辛二家词的佳作，既有诗的直接感发的力量，同时也有委婉曲折的深隐情意，这样的作品才是词里面好的作品。

宋朝以后，经过了元、明二朝，词就衰微了。为什么呢？因为当时的文人没有能够认清词这种特别的美学品质。而元、明所流行的是曲子，北曲、南曲、杂剧、传奇，他们用写曲的方法来填词。而曲子的特色是痛快淋漓，一念当下就动容。关汉卿写过一首小令，也是写美女跟爱情的。他说：

一半儿　题情

碧纱窗下悄无人，跪在床前忙要亲。骂了个负心回转身，虽是你话儿嗔，一半儿推辞一半儿肯。

在一个碧纱窗下，静悄悄的没有一个人，这个男子就跪在女子的床前要亲她。这个女子的话语好像不太高兴，她表面上像是推辞但心里却是肯的。

这首作品在曲子里算是好的曲子，它生动活泼。但不是好词，词是不能这样的。词一定要深隐曲折，有言外之意，才是好词，明朝的人用写曲的方法来填词，所以词的美学品质就衰微了，就失落了。

我说清代是词的复兴时代，因为清朝找回来了词的曲折深隐、富于言外之意的美学特质。他们是用什么代价找回来的呢？那是他们付出了破国亡家的代价才找回来这种曲折深隐的品质。今天有词为证，我们来看看清朝的词是怎么样复兴的，而且是怎么样在破国亡家的情况下复兴的。

我们先看第一个作者李雯，我选了他的两首词。

第一首词的牌调叫《风流子》。词跟诗之所以不同，诗是有一个题目说我要写什么，可是词有的时候没有名字，它的前面只是一个曲调的名字。第一首词的词调叫《风流子》，可是他把这个曲调再附一个题目叫"送春"，下面再有括号里写《箧中词》，《箧中词》是一本词的选集，在这个选集里边，在"送春"的题目底下还有三个字——"同芝麓"，这就是说这首送春的词是跟芝麓一起作的，后面我再慢慢地展开。

第二首词叫《浪淘沙》，它下面也有一个题目叫"杨花"。在早期的《花间集》里边都只有曲调没有题目，像欧阳炯、温庭筠的作品，都只有牌调没有题目，可是后来的作者有的就有牌调，同时也有题目了。

以李雯为例，我们看看清初的词人怎么样付出亡国破家的代价来写他们的词。

李雯，字舒章，是江南华亭人。华亭原属于江苏华亭县（编者按：其主体在今上海市松江区），华亭在古时有一个别名叫云间。我们讲清代的词人时要注意他们死生的年代，他们的生平经历了当时什么样的时代风云，然后我们才能知道，他们怎样地反映了时代的苦难。李雯是明朝万历三十六年（1608年）出生的，年少时与陈子龙、宋徵舆齐名，称"云间三子"。这三个人不但是好朋友，而且家住得很近，甚至共同有过一个女性朋友，这个女子就是柳如是。柳如是是一个才技皆绝的妓女，她的出身是很卑微的，起初在嘉兴名妓徐佛处为侍婢，后来嫁与人当姬妾。她很有才艺，又美貌，会作诗，还会写字，很得主人宠爱，但不容于其他姬妾，后来被逐出。她迁转于江南，与当时名士才子相往来，也想择人而嫁，这云间三才子都与她交往过。宋徵舆曾热烈地追求柳如是，但是因为当时他太年轻尚未中科举，他的家人强烈反对他与柳如是成婚，后来柳与宋遂因事决裂。她又跟陈子龙交好，陈子龙年岁较大已经结婚，本来可以纳她为妾，但是他的家人也反对他纳妓为妾，因此婚事终告不偕。但是柳如是是个很有勇气的女子，她把自己乔装成男子，拜望当时很有名的文士钱谦益，后来遂嫁与钱谦益。

我之所以要讲这一段故事，因为这与李雯词的风格有密切的关系。当李雯、陈子龙、宋徵舆与柳如是交往的时候，这时他们写的词都是描述美女与爱情的作品。但是这种浪漫的日子过得不久长，明朝就灭亡了。这个大变故来临的时候，他们这三个好朋友走上了不同的道路，落到了不同的下场。这云间三才子以陈子龙为领袖，就才华论以陈子龙为最高，他的古文、诗、词，样样都写得好。陈子龙参加了"复社"，而"复社"的主持人叫张溥。张溥曾编定了《汉魏六朝百三家集》，是当时很有名的学者。除了"复社"之外，他们在陈子龙、李雯的故乡另外成立了"几社"。这些文社的成员都是关心国家政治的，他们以儒学为基，以天下国家为己任，因此这些文人学者都喜议论朝政。

夏、商、周以降，几千年的中国历史经历着各种改朝换代，但是以南宋到元朝这一次易代，以及明朝到清朝这一次的易代，反抗最激烈。这又是为了什么缘故呢？因为元朝攻进中原的是蒙古人，清朝进入关内的是满族人，不像过去的那些朝代再怎么换同样是汉族人。清朝之所以引起明遗民强烈抵抗的缘故，更是因为满族的服饰与汉族不同，汉族不单女子留发，连男子也留发。而满族一入关就下剃发令，要男子把头发剃去大半，只剩中间一块梳根辫子，以汉人来看这真是怪异，很不能接受。而汉人自小就认为身体发肤受之父母不敢毁伤，因此当清朝严令剃发后，大家群起反抗。

影响人一生的，一半是你自己的性格，一半是你的命运。当清朝入关时，陈子龙在南方，因此他参加了南方的义军抵抗清朝。但是后来他的军队失败了，陈子龙被俘虏后乘人不注意跳水而死，成了一个殉节的烈士。而李雯呢？李雯当时在哪里呢？李雯当时在北京。陈子龙在南方参加了抗清起义的义军，而李雯沦陷在北京。当清军入关时，因为李雯是有名的才子，遂为盛名所累，就被人推荐给清朝。这时史可法在南方坚守扬州不肯投降，清朝的亲王多尔衮就写了一封信劝史可法投降。但是多尔衮未必汉文精雅，因此当时就有很多传说，说这一封多尔衮致史可法书是李雯写的。人真是受制于命运，他因才名沦陷在北京，又被推荐做中书舍人。因李雯投降了清朝，又替多尔衮写了这一封劝降书，当时另外一个有名的文士侯方域曾写了一首诗

《寄李舍人雯》，诗里有两句："嵇康辞吏非关懒，张翰思乡不为秋。"还有一个诗人叫吴琪，也写了一首诗："胡筛曲就声多怨，破镜诗成亦自惭。庾信文章多健笔，可怜江北望江南。"另外还有一个人叫宋琬，写给李雯的诗有两句说："竞传河朔陈琳檄，谁念江南庾信哀。"你们看这些诗提到多少次庾信："庾信文章多健笔""谁念江南庾信哀"。

说到中国的诗，有些你是不能明白说出来的，因此就要用典故。"庾信"又是一个什么样的典故呢？庾信是南北朝时候，南朝梁国的臣子。他曾出使到北方，但后来被北周扣留，不许他回到南方。庾信在北周做了很大的官，可是他一直怀念他的故国，因此他写了一篇很有名的赋叫《哀江南赋》。

现在大家把留在北方替清人做事的李雯比喻成庾信，所以说"谁念江南庾信哀"。至于"竞传河朔陈琳檄"，陈琳又是谁呢？陈琳是曹魏时代的建安七子之一，据说他最会写檄文。什么是檄文呢？檄文就是写给敌对的一方要征讨他们或劝降他们的文字，就像武则天篡唐的时候，徐敬业写了一封《讨武曌檄》，这就是檄文。多尔衮写了一封书信要史可法投降，所以说是"檄文"，而三国时代的陈琳据说写檄文写得最好。当时南方的人传说李雯替多尔衮写了劝史可法投降的信，是"竞传河朔陈琳檄"。可是李雯心里快乐吗？李雯自己也不快乐，李雯也很难过，不过毕竟人性也有软弱的地方。古人说"千古艰难唯一死"，当你们遇到人生大考验的时候，你们千万不要交这样的考卷。

李雯在这次人生的大考试之中，他交了一份不光明的卷子，他投降了，而且还为敌人写了檄文。所以李雯一直很后悔，在顺治四年（1647年）时就离开北京回到江南。

现在我们再回到作者李雯。当时云间三子之一的李雯不是很有名吗？顺治初年的时候，廷臣交相荐任李雯才可任用，除了当中书舍人外，又充顺天乡试同考官。他在清朝很受重用，可是他不是心甘情愿的，他是因守父丧而留在京师的，所以三年后就借口运丧槻归葬而回了江南，那一年正是顺治四年。李雯生于明万历三十六年（1608年），死于清顺治四年（1647年）。与他少年时交往密切的陈子龙也是万历三十六年生，也是顺治四年死去，可是陈子龙是起兵抗清被俘不屈投水而死的。当李雯回到江南老家时，听到当年他最好的朋友、共同写过《陈李唱和集》的陈子龙却参加了义军抗清，因此非常惭愧，非常悲哀。也就是当他在人生中遭遇了这么大的考验，有了这么大的悔恨、这么大的屈辱以后，写了他后来的这些词作。他早年的作品没有很高的价值，都是写一些美女与爱情，可是后期，经过了这么多的生活体验以后，他写了一些很不错的具有特色的词。

例如《风流子》。

风流子 送春

（《箧中词》下有"同芝麓"三字）

谁教春去也？人间恨、何处问斜阳？见花褪残红，莺捎浓绿，思量往事，尘海茫茫。芳心谢，锦梭停旧织，麝月懒新妆。杜宇数声，觉余惊梦，碧栏三尺，空倚愁肠。

东君抛人易，回头处、犹是昔日池塘。留下长杨紫陌，付与谁行？想折柳声中，吹来不尽，落花影里，舞去还香。难把一樽轻送，多少暄凉。

这首词一开头就是个疑问的句子。不是像李后主说的"流水落花春去也"，那只是单纯哀悼春天的消逝，李雯写的是一个疑问："谁教春去也？"我曾说过凡是用这种疑问句子表示的，常常是一种悔恨、不平，要试问人间为什么有这么多不幸、困惑。有一位在麻省理工学院教书而旧学修养很好的物理学教授黄克荪，他译有波斯诗人奥马伽音的

《鲁拜集》，其中有这样的诗句："搔首苍茫欲问天，天垂日月寂无言。海涛悲涌深蓝色，不答凡夫问太玄。"他说我"搔首苍茫欲问天"，人间有这么多悲苦、战乱、不平，而天上悬挂有太阳、月亮，但是太阳月亮并不能回答我这些疑问。既然天上的日月不能回答我的问题，那么我低头看看海水汹涌的波涛，这深湛的蓝色波浪也不能解答我的疑惑。这首诗和中国屈原的《天问》向苍天提出许多的问题有相似之处，也和秦观的两句词"郴江幸自绕郴山，为谁流下潇湘去"有异曲同工之妙，就如同谢冰心说的，"最幸福的孩子是永远在母亲怀抱中的赤子"。郴江发源于郴山，"郴江幸自绕郴山"，但又为什么流向那么遥远的潇湘去？为什么走向那么悲哀而遥远的路程？"郴江幸自绕郴山，为谁流下潇湘去？"这是秦少游被贬官时所写的。

李雯这首词一开头就是用这样感慨、哀愁、悲愤的口气写的。他说："谁教春去也，人间恨、何处问斜阳？见花褪残红，莺捎浓绿，思量往事，尘海茫茫。""花褪残红"，说的是花落了；"莺捎浓绿"，就是说黄莺鸟飞过了长得非常浓密而碧绿的树梢，当然这只是表层的意思。中国诗歌在欣赏中感发生命的由来，它是有一个传统的。我以前曾经讲解过西方文学的新批评，其实西方现代的文学批评还有更新的学说，如符号学（semiotics）、诠释学（hermenutics）等。我们现在讲清词的批评当然要详究中国的传统，但你要知道一些西方当代的新理论，才可以对中国诗词的批评作出更有理论性的说明。按照符号学与诠释学的理论，现在我举一个例子。我手上拿的是一份讲义，"讲义"，这是一个符示（signifier），而"讲义"本身是符指（signified），也就是一个是"符示"，一个是"符指"。

再举一个例子，比如说"茶杯"二字这只是一个符号，而拿一个"茶杯"给你看，这个茶杯本身就是"符指"。这些符号除了我们日常所用以外，当一个符号在一个国家、一个民族被使用了很久以后，这个符号就结合了这个国家民族的文化及传统。在符号学上这就叫一个 code，就好像我们打电话有一个区域号码（code），这个号码就包括一大片地方了。

现在我们再回过头来讲"落花"，花的零落。李后主说"流水落花春去也"，花的零落是代表了所有美好的、繁华的事情不能够再保留。"见花褪残红"，亲眼见到那残余红色的花颜色消褪了，花朵也稀少了，那是多少繁华的消逝不能挽回。而当它是一个 code 时，那就不只是说花的零落。凡是一切美好的东西消逝了，都可以说是花落了。当它变成一个 code 的时候，当它所指的范围这么广大的时候，这个语码就产生了很强、很多、很复杂的作用。所以西方的接受美学（aesthetic of reception）说这就产生了一种可能性的效果（potential effect）。我把 potential effect 翻译成"潜能"，它潜在的功能。李后主没有明白地说出来，他只说了一个"落花"，但是它可以给你这么多的暗示，这么丰富、这么复杂的暗示，我管它叫作"潜能"。这是西方接受美学所说的 potential effect。

而在李雯的这阕《风流子》的"花褪残红"可能有什么样的 potential effect？除了表面上所描述的真正现实的春天消逝以外，他的故国，明朝的败亡再也不能挽回了。还有当年和他一起读书、一起作诗、一起交女朋友的陈子龙等人的往日的交谊和欢乐，也再不会回来了。他们当年一起参加文社，特别是他们这几位云间才子加入了"几社"，有多少人殉节死难了，真是"花褪残红"。那美好的少年时代，充满了理想的时代，充满了欢乐的时代，他的故国，还有那些故人知交都再不复返了。

"莺梢浓绿"，像李清照所说的："知否？知否？应是绿肥红瘦。"红花少的时候就显得绿叶更多了。"狂风落尽深红色"，就"绿叶成阴子满枝"了。李雯词中说：有黄莺鸟在这里飞来飞去。我们说春天烂漫，莺莺燕燕，这是多么美丽的春光。而李雯的词中有一种潜能，它能给我们读者一种联想。什么联想呢？有多少人是殉节死难了？又有多少人变成了清朝的新贵？有多少人投降了清朝去争取高官厚禄？所以说是"花褪残红，莺捎浓绿"。在这个大变化之中，有这种种不同而又复杂的现象，所以他又说"思量往事，尘海茫茫"。想起从前的生活、从前的理想，在这渺渺茫茫人生的大海之中，被那汹涌的波涛推送，随波起伏，谁能掌握，谁能回答呢？

"芳心谢"，我所有的欢乐、所有的理想、所有的希望都消失了。"锦梭停旧织，麝月懒新妆。"一首词的好坏，要明白作者他是以什么样的感情、什么样的心思理念来写的。我们当然要知道。写得好不好，他有没有把他内心的所思、所感传达表现出来。而且一个作品的完成是从作者，到作品，然后到对读者产生了感发的作用，这才是一篇作品的完成。好的词就因为它用的字很美？还不止这些，它的形象（image）、它的质地（texture）都是很重要的。像"花褪残红，莺捎浓绿"给我们这么多这么丰富的联想，所以这才说它的意象好、它的结构好。

"锦梭停旧织"，"梭"，是古代织布的梭，而且又是

"锦梭"，在在形容它的珍贵及华美。李雯把自己比喻成一个女子，每天在编织一个美丽的理想，但是我再编织不下去了，因为国破家亡了，我有那么多的屈辱、那么多的玷污，我再也织不出丝绸锦缎。我曾经用了那么多的感情、那么多的心思，要织成这幅锦缎，但现在我再也编不下去了，这是"锦梭停旧织"。下一句"麝月懒新妆"。《红楼梦》里有一个丫环的名字就叫麝月。什么是麝月呢？就是女子的一种妆饰。麝，是一种香料。麝香，是黄颜色的。用这种麝香的香料画一个新月形的花样在前额上，出土的唐朝古画上都还可以看到这种妆饰。他说：我现在也懒得再做这种美丽的妆饰了。这一句对得很工整：上一句用的是"旧织"，下面这一句是麝月懒"新妆"！什么叫"新妆"？就是比喻迎合新朝、奉承新朝的人。唐朝的秦韬玉写的《贫女》说："共怜时世俭梳妆。"我体念时局的艰难，不追求时髦，不追求流行，把自己打扮得朴实些。现在李雯虽然是投降了，但内心并不向清朝追求富贵利禄，并不去曲媚迎合新朝。词这种体式是很妙的，特别是它有多种潜能。"锦梭停旧织，麝月懒新妆"，表面上是说春天走了，这个女孩子也不织锦，也不再妆扮，可是它里面竟有这么丰富的涵义。

"杜宇数声，觉余惊梦，碧栏三尺，空倚愁肠。""杜宇"，就是杜鹃鸟，杜鹃鸟的叫声在中国有一个历经久远而形成的语码的作用，可引起很丰富的联想。一个就是说杜宇是送春的鸟，这首词的题目就是《送春》。当杜宇叫的时候春天就走了，再也不回来了，这是第一个意思。第二个意思是说杜宇鸟叫的声音像是在说："不如归去，不如归去。"所以杜宇鸟是在叫："不如归去。"也就是说我旧日的国家、旧日的朝廷、旧日的朋友、旧日的生活都回不去了，都没有了，就好像杜宇在叫"不如归去"。此外杜宇还有什么含义呢？李商隐的《锦瑟》诗说："锦瑟无端五十弦，一弦一柱思华年。庄生晓梦迷蝴蝶，望帝春心托杜鹃。"古人说望帝死后他的魂魄化成了杜鹃鸟，所以中国常常将死去的皇帝、失去的国家隐喻为杜鹃。杜鹃鸟声声啼叫，那美好的日子再也不回来了。故国灭亡，明朝已矣，永远都失落了。

"觉余惊梦"，把我过去所有的美梦都惊醒了，我们年少时编织的梦都破碎了。孟浩然有一句诗说："春眠不觉晓，处处闻啼鸟。"还有《唐诗三百首》里头的："打起黄莺儿，莫教枝上啼。啼时惊妾梦，不得到辽西。"我打走黄莺鸟，不让它在这里叫，因为鸟一叫就把我的梦惊醒了，我的梦是要到辽西去见我的丈夫，去见我所爱的人。所以杜宇数声就把我的梦惊醒了，惊醒就是"觉"。什么叫"觉余"呢？那就是说醒来以后，我所有的梦都惊醒了。这就是"杜宇数声，觉余惊梦"。

"碧栏三尺"，这是说碧玉的栏杆。栏杆当然有很多种，像李后主说的"雕栏玉砌应犹在"，这是雕栏。李商隐的诗有一首叫《碧城》："碧城十二曲栏杆"，这栏杆是碧玉的栏杆，代表那么样美好，那么样曲折。李雯说"碧栏三尺"，李商隐说"碧城十二"。数目在中国不只是用来计数的。我们说"事不过三，三思而后行"，"三"是代表多的意思。"碧栏三尺"代表它是那么曲折，那么盘旋繁复的碧玉栏杆。我靠在栏杆上本来是要向外观望的，观望那春天美好的景色，但是春天那美好的景色已经消逝了。我现在倚立在栏杆边是"空倚愁肠"，我再也找不到美好的景色了。我倚靠在这里是空倚，只剩那满心的哀愁。

"东君抛人易"，东君是春天的神，你这春天的主宰这么容易就把人抛弃了。把人抛弃就是说离开人走了。李商隐的诗说"相见时难别亦难"，李后主的词说"别时容易见时难"，这是把别离的感情作不同的描述，有的感情舍不得离别，但又乖隔于外边的形势，那就是"相见时难别亦难"。当南唐投降以后，李后主已破国亡家，他被宋朝俘虏带走了。那是再也回不了的南唐，再也收复不了的失地，这真是"别时容易见时难"。"东君抛人易"，这南明的朝廷也是"别时容易见时难"了。

以前英国一位学者燕卜荪（William Empson，他曾于1931年左右在台湾清华大学讲学）写过一本书，书名叫 *Seven Types of Ambiguity*。朱自清先生把它翻译成《多义七式》，这就是所谓的多义之说。ambiguity 原是一种模棱两可不好的意思，到了19世纪后期20世纪前期，西方的学者就不再用 ambiguity 这个字。他们改用 multiple meaning，或 plural signation，这是多义、复义之义。

到了近二十年来，读者反应论和接受美学开始风行的时候，有一个很有名的学者伊塞尔（Wolfgang Iser）在他著的一本书 *The Acting of Reading*（《阅读活动》）中，他提出一个词，也就是我曾提出来的，叫 potential effect。这个 plural signation 跟 potential effect 和 ambiguity 看起来很相似，但是它们的层次和范畴是不同的。当 ambiguity 被提出来的时候，是我们过去的传统观念认为诗歌应该有一个意思，这个意思不清楚时，就叫它 ambiguity，这是第一步。后来承认了诗歌不是仅定于一个意思，是可以有复杂的多义，我们肯定它是可以这样的，就叫它 multiple meaning 或

plural signation，这就是多义和复义了。等到了 potential effect，这就更进一步了。你一定要了解它们虽然相似，但却是不同的。这进一步，进在哪里？从 ambiguity 到 plural signation 是观念的改变，即是我们正面地承认它，不把它看作模糊的不好，我们不用这个词，我们用"多义"这个词，我们是承认它了，可是到了 potential effect 这就有了又一次演变了。这"潜能"两个字就是说诗歌的文本内可以有这个意思，也可以有那个意思，是由读者自己发现的，而不必全是作者的原意。

现在先说"多义"，我可以举一个你们熟悉的词作例证来说明。李后主有一首《浪淘沙·帘外雨潺潺》，我在讲李雯《风流子·谁教春去也》时，也提到过李后主的这一首词；因为他说"流水落花春去也"，这"流水落花春去也"后边是什么呢？"天上人间"。这"天上人间"四个字说得就不清楚，所以俞平伯先生就说"天上人间"可能有四个不同的解释：一说，从前我的生活像在天上，现在我的生活像被贬入人间，这是天上人间的不同。另外一个说法，说它是一种很悲哀的呼天唤地之词："流水落花春去也，天上人间啊！"这是一种很悲哀的呼唤。还有一种可能则是疑问的口气，说"流水落花春去也？"春天到哪里去了呢？是到了天上呢，还是人间呢？最后俞平伯先生要给它确定一个意思，他说：这首词的前面说"帘外雨潺潺，春意阑珊，罗衾不耐五更寒，梦里不知身是客，一晌贪欢。独自莫凭栏，无限江山，别时容易见时难"，他说这"流水落花春去也"，所承接的便是"别时容易见时难"。"流水落花春去也"，是别时的容易；"天上人间"，是见时的艰难，好像一个是天上一个是人间。所以这"天上人间"四个字有了这么多种不同的理解，这就是"多义"。也就是说它有多种的可能，过去的传统文学批评认为这是不好的，这是暧昧（ambiguity），李后主这首词写得不很明白。可是这"天上人间"的不清楚，其实正是李后主词的好处。李后主是一个纯情的人，他不是个很有理性的人，不是个很有反省思考能力的人。他只要心里有所感受一下子就发泄出来了，还没有想明白的时候就说出来了。

至于我刚才所讲的接受美学中所提出的术语 potential，就是另外一种不同的意思了。刚才所说的"天上人间"种种不同的解释，这是说李后主可能有这样的解释，也可能有那样的解释。我不晓得你们读过哪些有关诗词评赏的作品，王国维的《人间词话》里有一段话，他说："古今成大事业大学问者必经过三种之境界。"他说的这三种境界都是用宋人的词来作比喻，他说："昨夜西风凋碧树，独上高楼，望尽天涯路"，这是要成大事业、大学问的第一种境界；"衣带渐宽终不悔，为伊消得人憔悴"，这是第二种境界；"众里寻他千百度，蓦然回首，那人却在灯火阑珊处"，这是第三种境界。最后王国维加了一个按语，他说：你们若拿我的意思来解释这三首词，"恐晏欧诸公所不许也"——恐怕原来的作者会不同意。我说的不必然是作者原来的意思，可是这几句词可以给我们这样的联想，可以使我们读者有这样的感发，这是 potential effect。现在你们明白我的意思了吗？我上次讲完课以后有同学到我这里来谈话，他问：这是不是就是多义的意思？这是一种多义。可是当文学批评的术语，从 ambiguity 到 plural signation 到 potential effect，有一个观念层次的演变，而且有一个范畴大小的不同，这是关系到文学批评和欣赏的一个基本问题。因为有同学来问我这些个问题，所以今天我就简单地作一个说明，而且你们明白了这个观念，对于以后我们讲词更有帮助。

中国的小词是一个很微妙的文学体式，它不像诗那么显意识地明说"国破山河在"，我们一看当然就知道它的意思了，甚至连"鸡声茅店月，人迹板桥霜"，这一看就都明白这个意思了。到了晚唐李商隐的时候写出来像《锦瑟》

"沧海月明珠有泪，蓝田日暖玉生烟"这样难以确释的诗。李商隐诗的多义性是中国诗歌的一种演进：从那么现实、那么具象的叙写演进到了如此抽象的、象喻的传达。李商隐是中国诗人里边最有词人美感特质的一个，李商隐的诗很多不是都叫《无题》吗？而早期的小词也大都没有题目，只有一个音乐的牌调，后来的小词跟李商隐的诗又有一点层次的不同。李商隐写"沧海月明珠有泪，蓝田日暖玉生烟"，他其实内心是有一个要传达的主观情意在那里，只不过他是用一个抽象的形象作象喻的表达，而不是用简单的语言作肤浅的说明。可是到了早期的词，就有了很微妙的一种现象，就是因为作者写的是歌唱的词，所以在他自己的意识里边不是很清楚地要表达某一种情意，只是把他内心之中最深隐的，连他自己的显意识都说不清楚的一些东西，在无心之中流露出来了，这种最微妙的情思，就是最富于潜能（potential effect）的。

西方有位很有名的女学者茱莉亚·克里斯特娃（Julia Kristeva），她是位非常锐敏、非常精细而且非常博学的女学者。她会很多种欧亚语言，而对西方文学及哲学的理论更是精彻而贯通。我说过一种语言就是一个符号，比如说"投影仪"这个名称就是一个符号，投影仪这个东西在这里，这就是符指，是一个实物，所以它有一个"符号"和一个"符指"。一般来说，"符号"与"符指"的关系是约定俗成的。像我说"茶杯"，这个"符号"就是指茶杯。我说"桌子"就是指一张桌子，我说"椅子"就是指一把椅子。这个"符号"与"符指"之间的关系是 established，是已经固定下来的。可是克里斯特娃在她写的一本叫《诗歌语言的革命》（*Revolution in Poetic Language*）的书中，她认为"符号"与"符指"的关系在诗歌里边有时是不固定的，作者用了这个"符号"，而读者来读这个"符指"，作者及作品与读者三者之间，像一个变电器一样在那里同时运作，而且可以随时产生新的东西。王国维读了"昨夜西风凋碧树，独上高楼，望尽天涯路"，他说那是成大事业、大学问的第一种境界，这是有一天王国维读了这两句词有了这样的联想。另外一天王国维还是读了这两句词，同样的两句词"昨夜西风凋碧树，独上高楼，望尽天涯路"，他说什么呢？他说《诗经》的《小雅》有一句"我瞻四方，蹙蹙靡所骋"是写一个诗人在一个不幸的环境社会之中，瞻望四方，想出去驰骋，但是却找不到可以走的一条路，是"诗人之忧生也"。他说"昨夜西风凋碧树，独上高楼，望尽天涯路"似之，也就是这几句词的意境跟《诗经·小雅》的这两句诗非常相近。这就跟成大事业、大学问完全不同了，一个是诗人的忧生之意，一个是成大事业、大学问的第一种境界。他今天所读的这一种感受跟另外一天所读的感受完全不一样。

这是诗歌的语言透过了作品，经过了读者得到重生，获得它再一次的生命，就如同一个变电器，随时在生发，随时在创作，有一种生生不息的变化。这是克里斯特娃所提出的一种学说理论，本来她这一个学说理论讲的也是符号学，可是她现在给它一个新的名字，叫作解析符号学（semanalyze），这是一个新名词。而中国的小词里边有很多时候有这种情况，这就是为什么王国维读词，今天可以读出一个意思来，明天又可以读出另外一个意思来。可是你要注意到这个作品虽然有这个潜在的能力（potential effect），可以引起读者有这么丰富不同的联想，但是你不必然指说这是作者原来的意思，可是这种说法不妨害作者原来的意思，它可以同时有这种潜能，给我们读者这么多的联想，它同时可能有它本身的意思。这么一来不是太自由了吗？如果我今天这样解说，他明天又那样解释，这不是太自由了吗？在这种多义之中你还要给它一种限制，你不能胡说，是要它里边的含义真的有，这种"潜能"不是你可以随便乱说的。这在作品本身，在于你这个读者，对于一种语言符号、文化传统的了解和修养的理解有多少能力。

　　我举一个例子给大家说明一个错误的联想：唐诗有一首李益的《江南曲》，是五言绝句的小诗。他说："嫁得瞿塘贾，朝朝误妾期。早知潮有信，嫁与弄潮儿。"这本来是说我嫁给一个在瞿塘江上做买卖的商人，"贾"在这里念"gǔ"，指商人，每天我盼望丈夫回来，但是他只顾做买卖，耽误我对他的期待和盼望。可是我又常常看到在长江江水上，当潮水来时那些弄潮的年轻人，我要是早知道潮水的涨退是准时而从不延误，我还不如嫁给那些弄潮的年轻人呢！

　　有一位研读西方文论的学者，因为受了西方前些年所流行的弗洛伊德心理学的影响，他认为所有的文学艺术都是作者在性（sex）这方面不能得到满足，被压抑以后的表现，所以就把什么都说成性。所以这位学者就说"早知潮有信"就是"早知潮有性"的意思。这实在不可以这么随便地联想。第一，这"性"跟"信"的发音并不一样。一个是 ing 的声音，另一个是 in 的音，从发音来说"信"就不是"性"。我们再降低一步，就算我们同意他"信"跟"性"发音是一样，也不能这样联想。因为中国古人所说的"性"，是性善、性恶之性，"人之初，性本善"，不是西方指 sex 的"性"，这是两回事。

所以我现在告诉你们，文学作品可以有多义，可以有潜能，可是你要对于这个语言、这个文学的文化传统有一个更深切、更正确的理解，那么你的联想才不会偏离得太远，那么你的这种认识就不至于变成一种谬论。这虽然是题外话，但却也是关系你们批评和欣赏的一个很重要的课题。而你们要想能真的具有批评和欣赏的能力，你只有从多读开始，多读自然就会体会得比较正确。因为有同学问我这些问题，所以我就作了这些简单的解答。

我们现在再来看李雯这首词的下半片："东君抛人易，回头处、犹是昔日池塘。"有同学在课堂上提出来说，我对李雯的《风流子》下半片有我自己的理解。他说：东君当然是个男子，而这首词表现出来的却是一个女子的口吻，是她所爱的那个男子抛弃她离去了。这个学生读了不少中国的书，也懂得一些中国的传统，他说中国这个男女的关系可以联想到国君与臣子，所以东君可能是国君，国君也可能是朝廷，所以这就说到明朝的灭亡。"东君抛人易"这是不错的，这种联想不像刚才那种"潮有信"变成"潮有性"偏离得很远，这种联想是可能的；但是在联想之中，在多义之中，朱自清先生曾经提出来过在多义之中你还要分别哪个是它的"主义",哪个是它的"衍义",哪个是它表层的意思,哪个是它深层的意思,这些是要有所分别的。它是可以有多种的意思,但是哪个是它重要的意思,哪个是它衍生的意思,这就关系到文化的传统。

"东君"在中国文化传统之中第一个意思是春天,东君是春天的神,是春神的主宰。中国过去曾有诗句说"东君不做繁华主",这是说春天的神为什么不给春天的万紫千红做主人,为什么不保护它们,所以"东君"是春神。第一,他是扣住题目来说的,是送春。"东君抛人易",没想到春天这么快就过去,这么容易就把我们抛弃了,所以说"东君抛人易",这是它的第一个意思。然后当然它可以有衍申的意思和深层的意思,那美好春光的消逝,东君的把人抛弃,当然也可以代表那旧日的朝廷、旧日美好的生活。"东君抛人易",正像李后主说的,是"别时容易"。

"回头处、犹是昔日池塘。"一切都改变了。可是你要知道李雯离开了中国吗?没有。他还是在中国的国境之内,而且很可能他填这首词的时候,不管他是在京城的北京还是他回到江南的云间,那景物依然,那一切的风景不殊。京城还是旧日的京城,云间还是旧日的云间,所以"东君抛人易"，这么容易就抛弃了我们，"回头处、犹是昔日池塘"，我回头看看一切的景物不殊，京城是当日的京城，云间是当日的云间，而为什么要说是池塘呢？你说他是为了押韵，所以要说"池塘"吗？不是的。因为他是写送春，而春天我们写到杨柳——杨柳是最能够代表春天的，杨柳生长的地方常常都是水边，这是中国文化传统的一个习惯。因为杨柳的长条披拂在水边上是最美丽、最动人的。周邦彦的《兰陵王》里说："柳阴直，烟里丝丝弄碧，隋堤上，曾见几番拂水，飘绵送行色。"这个景象是在哪里呢？是在隋堤上，是在水边的岸上；是拂水飘绵，是在水边上飘拂的。杨柳是春天的代表，杨柳是种在池塘边的，所以李雯说："回头处、犹是昔日池塘。"这就像是与他同时代的王夫之有一首《蝶恋花》词曾说"叶叶飘零都不管，回塘早似天涯远"。所以你一定要了解一个文化的传统，你就知道他为什么要用"池塘"两个字。所以说"东君抛人易"，我"回头处、犹是昔日池塘"。

"留下长杨紫陌，付与谁行？"你们一定要了解中国的文化传统。为什么说"留下长杨紫陌"？春天走了，花落了，他前面说"见花褪残红"，花是落了，杨花都飘飞尽了。柳树上开的花就是杨花，也就是柳绵，也就是柳絮都飘完了。可是树还在啊！我们可以看出王夫之的《蝶恋花》这首词跟李雯的《浪淘沙》有些地方相通，因为李雯说了"金缕晓风残"。这个"金缕"就是王夫之说的他梦中还看到的"鹅黄拖锦线"啊！可是他说鹅黄锦线是梦里看见的，现在已经是衰柳了。至于李雯的《浪淘沙》，有人以为"金缕晓风残"写的也是柳树衰残，这就不对了。"金缕"，是春天的柳树。所以王夫之说：我梦中见到鹅黄锦线般春天的柳树，可是现在的柳树是衰柳了，是凋残了。你们要知道李雯这个金缕的后面虽然也有一个残字——"金缕晓风残"，可是他的题目是什么呢？是《杨花》不是柳树，是金缕上面的杨花在晓风之中被吹得零落了。这你们一定要分别清楚，因为春天杨花飘完的时候正是暮春三月，当花落以后树叶浓荫茂密，正是柳树长得很茂盛的时候。一定要把它分别得很清楚，你可以有很丰富的感发和联想，但是你不能判断错误。而你怎么样可以不犯错误，就在于你对文化传统的理解。所以现在他说"东君抛人易"，我"回头处、犹是昔日池塘"，这说的是柳树。

"留下长杨紫陌"是柳花都飞尽了，原在春天开放的万紫千红都飘飞尽了，可是柳树还在，所以是"留下长杨紫陌"。从表面上来看，这句写的就是高大的杨柳树跟宽阔的道路。现在你就要注意了，这关系着我曾讲过的中国文化的传统。"紫陌"是什么？紫陌不是平常的一条大马路，紫陌讲的是都城，是京城的道路。唐朝的刘禹锡写过一首《看花》的诗，他第一句说的就是"紫陌红尘拂面来"。紫陌红尘他写的是哪儿？刘禹锡是唐朝人，他写的是长安。"长杨"，任何地方高大的柳树都可以叫作长杨，可是你要知道中国文化，中国有这样长久的历史，很多事物间都有牵连，都可引起人丰富的联想。在汉朝有一位和班固并称的文学家扬雄，他写过一篇赋，叫《长杨赋》。这篇赋是写什么的呢？《长杨赋》写的不是柳树，"长杨"原来是当时汉朝一个宫殿的名字，叫"长杨宫"。这就又要回过头来讲为什么我在一开头要跟你们讲那么多文学理论，因为我们要欣赏诗词的时候你要有一个根据，我们才可以体会出作品中有表层的意思，有深层的意思，有主要的意思，有衍申的意思。你从表面上看李雯写的是春天走了，万紫千红都零落了，杨花、柳花也都飘飞完了，只留下那宽阔的马路和高大的柳树。可是它深层的意思呢？"长杨"有一个联想是汉朝的长杨宫，"紫陌"也有一个联想，是都城的马路。我们自己的国家，我们自己的民族，我们自己国都中的马路，现在谁在上面车马奔驰呢？那是敌人啊！

我这样说，因为我也有过这样的感慨。在 1937 年"七七事变"日本人占领了北京城时，是我初二升入初三那年的暑假，"卢沟桥事变"以后，走到马路上一看，都是日本的军车，军队开进来。"长杨"是旧日的"长杨"柳树，"紫陌"是旧日"紫陌"的道路，留下这长杨紫陌你现在交给了谁呢？"付与谁行？"（"行"字念 háng，表示宾语）怎么都交给敌人了？你当年的主人到哪里去了？所以他说："东君抛人易，回头处、犹是昔日池塘。留下长杨紫陌，付与谁行？"这交给谁了？"雕栏玉砌应犹在"，你交给谁了？这雕栏玉砌到了今天是谁的雕栏玉砌？长杨紫陌到了今天是谁的长杨紫陌？"长杨紫陌，付与谁行？"我因为听到你们同学们在辅导课中的讲话，所以我有责任要带领你们走一个正确的欣赏途径。同学们对一个中国字的发音有多种不同的念法也要有所认识，在"付与谁行"句中的这个"行"字，同学们把它念成 xíng，行走的行。同学们又把这句解释成：我跟谁一同行走呢？当初跟我一起的陈子龙、夏完淳都死了，我跟谁一同行走呢？但这里的"行"不是行走的意思，应该念 háng。

我以前讲过周邦彦的《清真集》，其中有一首小令《少年游》：

少年游

并刀如水，吴盐胜雪，纤手破新橙，锦幄初温，兽香不断，相对坐调笙。

低声问向谁行宿？城上已三更。马滑霜浓，不如休去，直是少人行。

在这么短的一首小令之中有两个行走的"行"字，第一字念 háng，"低声问向谁行（háng）？"不是"向谁行（xíng）宿？"你走到哪？跟谁一起住宿？不是这个意思，是到谁那里去的意思。这个"行"（háng）字是个表示受词的位置辞，表示它的位置是接受语气的词句。"谁行（háng）"就是谁那里。所以"向谁行宿"，就是你今天晚上到哪里去住呢？这当然不是太太说的话，太太哪里会问你今天晚上到哪里去住呢，这当然是歌妓酒女说的话。所以她才会"低声问向谁行宿？""马滑霜浓"，你"不如休去"吧！霜重路滑都没有人在路上走了，你还是留在我这里，今晚就不要走吧。后面这个"直是少人行"，才是"行"（xíng），行走的行，上面是向谁"行"（háng）宿。所以这句词不是李雯跟陈子龙一同行走不行走的意思，是"付与谁行"？是说把"长杨紫陌"留给什么人了？是留到什么人的手里了？是一个表示接受口气的问句词。所以这"留下长杨紫陌，付与谁行"，是留给谁了的意思。

"想折柳声中，吹来不尽，落花影里，舞去还香。"在欣赏诗词之中有时会有两种错误的方向，一个就像刚才我所说的台湾的那个教授，他是盲目地跟随西方的理论，所以把"潮有信"说成"潮有性"，硬把它解释成弗洛伊德所说的"性"。这是一种盲从与不清楚。你不要受西方理论的影响而盲从，你也不要受中国的影响而盲从。什么是对中国传统的盲从呢？你说"折柳"，大家都说古代有折柳送别的传统。这"柳"跟"留"的声音相似，所以就有挽留的意思，所以折柳就是送别，这是不错的，中国是有这么一个传统是这种意思的。可是"折柳声中"，你折柳枝有多大声音？你折一条柳枝试试有多大声音呢？所以你不能受西方文化错误的影响，你也不要受中国传统文化错误的影响。折柳后面有个"声"字，这是个微妙的关键所在。

什么叫作"折柳声中"？所以这就关系到你们读书多少才能够判断不谬。这句词关系到李白的一首诗，李白诗的题目是《洛城闻笛》。就是在洛阳城听到吹笛声，这也是很熟的一首唐诗。其实中国的文化传统或典故也不是很难了解，像我说的李益的《江南曲》，刘禹锡的"紫陌红尘""乌衣巷"，都是出在《千家诗》或是《唐诗三百首》里边。这些都是我们小时候必读的诗，这些诗数量又不多，薄薄的几本，只要你读一读、翻一翻，以后就可以知道很多典故的出处。李白的《洛城闻笛》说些什么呢？他说："谁家玉笛暗飞声，散入东风满洛城。"是谁在暗地里吹着玉笛？这笛声散入了春风，飘满在洛阳城里。你要知道中国洛阳在古代是以多花著称，洛阳城有很多花。后面就提到"折柳"的声音，说"此夜曲中闻折柳"——这是声音，这是"闻"，"何人不起故园情"。诗中的季节是春天，所以他说的是"散入东风"。

在笛曲之中有一个曲子叫《折杨柳》，《折杨柳》这支曲子表示的感情是离别和怀思。谁家玉笛暗飞声，散入东风满洛城。此夜曲中闻折柳，我在这一天晚上听到了《折杨柳》的曲子，《折杨柳》曲子里所传达的是离别和怀念，真是引起了我对故乡、故园多少的怀念，多少的感情，这是"何人不起故园情"。所以现在李雯说："想折柳声中，吹来不尽。"无数杨花被风吹落，春天是走了。春天走了，它所带给我的是相思怀念的感情，而且是在《折杨柳》这支曲子声中带给我的对故国、故园不胜怀念的感情。所以说"想折柳声中，吹来不尽"，我听到吹来的《折杨柳》笛曲，真有诉说不尽的悲哀的心曲。王昌龄的绝句《从军行》里说："琵琶起舞换新声，总是关山离别情。撩乱边愁听不尽，高高秋月照长城。"我对故国、故园的相思是说不尽的，"想折柳声中，吹来不尽"，这吹笛的声音唤起我对故国、故园相思怀念的感情。

"落花影里，舞去还香。"我把春天送走了，在暮春的时候有多少花飘落了。杜甫诗中说："一片花飞减却春，风飘万点正愁人。"这把落花、落红说得那真是有缠绵不断的感情。这花被吹落了，但李雯不说"落花"，因为落花是个实物，他说"落花影里"。词这种文学体式真是细致，真是微妙。他不说"落花"这真正实物的花，而是说在落花飞舞的影子里面，花落了。"花落"代表什么呢？花落代表所有一切的繁华、一切美好的事物都消失了；我的故国、我的故园、我旧日一切的理想，都消失了。我和知交们一起生活的光阴曾经美好过，我从前旧日的理想志意曾经美好过，一切都曾经美好过。就算它今天零落了，"舞去还香"，这个"舞"字和"香"字写得真是多情，这是落花在飘飞到地上的时候的姿态和感情。五代的冯延巳，也就是李后主他们那个南唐有名的词人，他有一首词牌调也叫《蝶恋花》，他说："梅落繁枝千万片，犹自多情，学雪随风转。"他说梅花落了，千万片的梅花都落了，就是落的时候它还表现出这么多留恋的感情，它在落地前的一刹那，还飘舞出这么多美丽的姿态。所以虽然花落了，但它在临到地面之前，还在空中飞舞，这姿态还是这么美丽。"落花影里，舞去还香"，花已经落了，在它落地之前还有舞，不但有舞，它还有残余的香气，这说得真的是好。李雯把这一种留恋的感情写得如此之缠绵，"落花影里，舞去还香"！

"难把一樽轻送，多少暄凉。""一樽"，就是一杯酒。古人说送春，春天要走了，我们喝一杯送春的酒。在晚唐有个诗人叫韩偓，也就是韩冬郎。他曾被李商隐特别夸奖过，说"雏凤清于老凤声"，说的就是韩偓小时候的才华颖出。韩冬郎写过一首诗也是送春，他说："花前一盏伤春酒，明日池塘是绿荫。"趁着今天还有一些残花，我喝一杯酒送它走，明天花都没有了，池塘上都是一片绿荫了。春天是走了："胭脂泪，留人醉，几时重？"花，我们是可以喝一杯酒送它走，可是人就不行了。"难把一樽轻送"，我大可以也喝一杯酒把春送走，可是我又觉得这么困难，我真的不能够把它送走，我真的难以把它送走。如果你的一生没有愧欠，你没有羞耻，你没有惭愧，你死的时候是平安的。可是我李雯怎能无愧呢？明朝的灭亡，故友的死亡，一切志意的失落，我为他们做了什么？我又留下了什么？我曾经有怎样的羞耻和惭愧，我就这样送它走了吗？如果我没有惭愧，我虽然悲哀我就送它走了，可是我"难把一樽轻送"，我怎么能送它走呢？有"多少暄凉"！暄是热，凉是冷。这里边有多少恩怨，有多少炎凉，有多少羞耻，有多少忏悔？这是非常复杂的感情，很难叫人以言说传达。所以这一首词是一首非常好的词。

下面一首是李雯的《浪淘沙·杨花》。

浪淘沙 杨花

金缕晓风残，素雪晴翻，为谁飞上玉雕栏？可惜章台新雨后，踏入沙间！

沾惹忒无端，青鸟空衔，一春幽梦绿萍间。暗处消魂罗袖薄，与泪轻弹（《箧中词》作"偷"）。

李雯写"杨花"用的又是另一种手法，他用与杨花有关系的典故，写杨花的命运、杨花的遭遇。而他是以杨花的命运和遭遇来暗示自己的遭遇和心情，所以他说"金缕晓风残"。第一句有的同学就问起关于欣赏的问题，他们说"金缕晓风残"和王夫之《蝶恋花》衰柳的凋零是同样的意思，这其实完全是不一样的。王夫之的衰柳，写的是秋天，是柳树的凋零和残败。可是李雯所写的杨花是春天的季节，在春天的季节柳树没有凋零，没有衰残的感觉，所以这两首词所写的"柳"不是完全一样的。你要注意它们的题目：王词的题目是《衰柳》，所以他写的是秋天的柳树；可是李雯所写的是《杨花》，所以它凋残的不是杨柳的枝叶，它凋残的是杨花，是柳树上所飘出来的杨花，现在凋残吹落了。你们一定要把它们弄明白，所以你们看诗词尤其是咏物词，一定要掌握它的要旨，不要胡乱猜测，那是不对的。

"金缕晓风残"，"金缕"指的是柳树，"残"指的就是杨花，也就是柳絮，在晓风之中被吹落了，这就是"金缕晓风残"。下句的"素雪晴翻"写的就正是杨花飘落的情景。"素雪"指的就是白色的柳絮如同白色的雪花，"晴翻"写的就是白色的柳花在晴空中飘落时翻飞舞动的样子。后边他用不同的典故、不同的形象，写这个被吹落的柳花有不同的遭遇，有不同的命运。"为谁飞上玉雕栏？"这是头一种杨花的遭遇：杨花被吹到那白玉石的栏杆上去，这是幸运的遭遇。李雯年轻的时候在云间跟陈子龙、宋徵舆在一起，被称为云间的三大才子，在京师得到那么多人的赞美、推重，还把他推荐给清朝，那他真是名重京华，这是何等高贵的地位。可是他的名望、他的才华，"可惜章台新雨后"，那柳树生长的章台街，章台街也就是首都的大街，也就是暗指明朝的都城。"可惜章台新雨后"，一次大的国破家亡的变故，那就"踏入沙间"了！这就沾惹了满身的羞耻和污秽。他说"为谁飞上玉雕栏？"可见这不是他自己选择的。是什么缘故谁使他飞到了玉雕栏上去？李雯的悲剧是他自己性格的悲剧，他软弱，他不够刚强，可是同时也是命运遭遇的悲剧，如果清朝入关的时候他不在当时的都城北京，他也许就能成为和陈子龙一样的抗清的义士，所以说"为谁飞上玉雕栏？可惜章台新雨后，踏入沙间！""踏入沙间"，他就沾惹了羞耻和污秽。

"沾惹忒无端"，有的同学不认识这个"忒"字，不认识这个字你应该去查一查。"忒无端"就是太无端了，无端就是无缘无故，我沾惹上这样的污秽真是太无辜了，只是命运的巧合使我遭遇到这样的羞耻和污秽。

"青鸟空衔"，杜甫的诗曾说"青鸟飞去衔红巾"，青鸟可以把杨花衔起来，我现在沾惹了尘土被人踏在尘沙之间，就算有青鸟要把我衔起来，它也衔不起来了。这句词有两种可能：一个是当年的人推荐我，他是白推荐我了，反而让我沾惹了污秽；另一种词意的可能，也就是我们说的多义，那就是我被踏到沙间之后，就算有青鸟要把我衔起来，也衔不起来了。

"一春幽梦绿萍间"，最后的这几句是出于苏轼《水龙吟》咏杨花的词。在这首词中，有"晓来雨过，遗踪何在？一池萍碎"的句子，注解上提到，苏东坡说杨花落到水里面就变成了浮萍，这也就是杨花另外一种可能的命运。这杨花可能被吹上玉雕栏，这杨花可能被踏入沙间，杨花也可能被青鸟衔去，他所写的都是借用杨花，写杨花的遭遇和命运，但也都暗示自己的遭遇和命运。那杨花还有一种遭遇，它不飞上玉雕栏，也不被踏入沙间，也没有被青鸟衔走，这杨花怎么样呢？杨花落到水池里，变成了一池萍碎，变成了一池的浮萍。花虽然没有了，苏东坡说："晓来雨过，遗踪何在？"一场雨下过了，杨花的踪迹没有了，杨花不见了，剩下了"一池萍碎"，变成了满池的浮萍。如果我们推测杨花的遭遇，它不飞上玉雕栏，不被践踏到沙间，不被青鸟衔走，它可以落到水池里边，杨花虽然不见了，它变成了另外一种生命生存下来，它变成了浮萍叶子生存下来。

人，也许你的身体死了，可是你有一种品格遗留下来，你有另外一种超然于肉身的精神遗留下来，也许就像他当年的好朋友陈子龙一样有不朽的精神留存下来。夏完淳曾编有《三子合稿》之诗集，三子就是李雯、陈子龙和宋徵舆这三个好朋友。那夏完淳是谁呢？夏完淳是陈子龙的学生，他是一个很了不起的人。而夏完淳几岁就死了呢？虚岁十七岁！实岁十六岁！夏完淳是一个很了不起的人，他品格上了不起，才华上也了不起。夏完淳是夏允彝的儿子，夏允彝跟陈子龙又是好朋友，所以夏完淳私淑陈子龙，他是把陈子龙当老师的。当清兵入关、明朝灭亡的时候，夏完淳只是十三四岁的童子，他十四岁就跟他的老师、他的父亲参加了反清复明的革命运动。第一次失败时，他父亲夏允彝就跳水自杀了，然后第二个死的就是他的老师陈子龙，当军事失败的时候他的老师也跳水自杀了。当时的夏完淳只有十六岁，被清军捉去，但清军很同情他，这么聪明这么有才华。而当时审判他的人是汉人洪承畴，洪在当时非常有名望，可是后来他投降了清朝。洪承畴很爱惜夏完淳的才华，因为他被捉去的时候才是十六岁，当他参加反清复明的军事运动时才只有十五岁。所以洪承畴说：十五六岁的小孩哪会有叛逆的行为，因惜才而替他开脱。但夏完淳却对他说：你哪是洪承畴啊！我所知道的洪承畴是有气节不降清的洪承畴！哪里是清朝用女色诱惑就投降变节的洪承畴呢？夏完淳正义凛然大骂洪承畴，当然后来就被杀了。

在当年清兵入关的时候有多少人殉节死难了？特别是李雯故乡的人：陈子龙是云间人，夏允彝是云间人，连这十五六岁殉节死难的童子夏完淳都是云间人。可是李雯的命运能避开他的那些羞辱吗？这是没有办法的，所以他说"一春幽梦绿萍间"。李雯认为这些像是梦，像那些人一样；杨花入水是变了，生命消失了。"一春幽梦绿萍间"，他只是一个梦想，他再也不能改变自己在尘沙之间的命运，他再也不能够在泥沙间飞起来了。

他后面再接着说："暗处消魂罗袖薄，与泪轻弹。"这又有一个出处，也是苏轼的《水龙吟》词，前一句的出处，见于苏词自注，这比较明显，至于"与泪轻弹"或"与泪偷弹"这一句，出处就不大明显了。其实这也是出于苏东坡的词："细看来不是杨花，点点是离人泪。"所以杨花不但与那绿萍有关系，杨花与眼泪也有关系。因为苏东坡的词说：满空中飞舞的杨花像是离人的眼泪。什么季节杨花飞舞？是在春天离别的时候。而春天走的时候，你所爱的人也走了，我们不是说"折柳送别"吗？杨柳总是一个送别的象征，"杨柳"即象征离别。所以他说当春天走的时候，当满空中杨花在飘舞的时候，正是我们人类把美丽的春天送走了，把我们所爱的人也送走了，由我们这些悲哀怨别的人来看，满空中飞舞一点一点的杨花，正像是我们离人的一点一点的眼泪。所以苏东坡说："细看来不是杨花，点点是离人泪。"

现在李雯写的是杨花，苏李两个人写的都是杨花，李雯写的是杨花的各种遭遇。如果有一个女子，在杨花飘落的季节伤春，为了这杨花遭遇的飘零而悲哀、伤感，是"暗处消魂"。你看他前面写杨花这么多不幸的遭遇，当然使人怅惘消魂。而这种消魂就李雯而言，就是心中说不出来的悲哀、痛苦、悔恨。有的时候人的悲哀是可以说出来的，比如说，我悲哀我的祖国灭亡了，像王夫之，他可以说出来，因为我并没有投降，我没有羞辱，我为我的祖国灭亡而悲哀，这是我可以说出来的。但是李雯他有什么资格说？他现在已经做了清朝的中书舍人，他可以去对人家说我为明朝的灭亡而悲哀吗？他没有脸面去对人家说，所以"暗处消魂"。这个女孩子穿的是罗衣，"罗"，代表的是很轻很薄。"轻"跟"薄"又代表什么呢？那是抵抗不住外边风雨的侵袭和寒冷。这样的单薄在寒冷的风雨侵袭之下，我没有办法抵抗，所以是"暗处消魂"。这真是悲哀、羞愧，我没有地方躲藏，没有地方隐蔽，没有地方保护，这就是"罗袖薄"。所以这个女子就流下泪来，流下泪来又怎么样呢？就用她的罗袖来擦泪。古代的衣袖很长很宽，而这个罗袖上沾满了她自己的泪点。李雯在这里用了"与"字。词在叙写感情时是非常精微、非常细致的。他不是说"眼泪偷弹"，而是"与泪"。什么东西"与泪"呢？现在你们就要回过头来看他写的是"杨花"；我的罗袖上沾的是我自己消魂的眼泪，我的罗袖上也沾着飞舞的杨花，而飞舞的杨花，苏东坡说它也是像眼泪一样；所以我就把我的眼泪跟我衣袖上沾惹的杨花，一起弹落了。我没有脸面，我连哭泣都见不得人，我连流泪都不能让人家看见。这李雯写得真是羞耻，内心真是惭愧。所以他说："暗处消魂罗袖薄，与泪轻弹。"你经过这么多的悲哀，这么多的痛苦，连说都不敢说，连流泪都不能让人看见，这种羞愧的感情是很深刻的。这是写得很好的一首词，因为它这里面有这么多的典故，这么细微的心思，这么深沉的悲哀。

至于王夫之就不同了，所以我说人之所以一生变成一个悲剧，有的时候是性格造成的，有的时候是命运造成的，有的时候是当你在命运的遭遇之中，看你的性格是怎样去面对、去反应的。王夫之跟李雯不同，王夫之是一个非常坚强、坚忍而且非常重视品格道德的人。历史上记载王夫之是湖南衡阳人。王夫之不但没有投降清朝，王夫之遇到的第一次考验是李闯的考验，因为当清朝还没有打到湖南来的时候，是李自成的军队先打到湖南来。你要知道当李闯打到湖南时，王夫之的名气给他带来了麻烦，像李雯说的"为谁飞上玉雕栏？"你的名声、才华愈高，愈是容易沾惹上麻烦。李闯到了湖南，知道王夫之的声望很高，就要王夫之到他手下做官。王夫之认为李闯是叛贼，不肯屈从，就逃走了。李闯就把他的父亲捉去，威胁王夫之说，你如果不出来替我们做事，我就把你的父亲扣留，甚至可以把你父亲杀死。

在中国人的观念中，忠与孝两个字是非常重要的，但在这个时候王夫之忠孝哪能两全呢，如果不出来做官势必牺牲他父亲，那就是不孝，而如果出来做官那就是不忠。于是王夫之就用刀、剑把自己砍伤了，然后叫人抬着他去见李闯。他对李闯说："你叫我来交换我的父亲，我来了，请你放我父亲回去。"可是他遍体是伤，行动都有困难，几乎残废了，还能替李闯做事吗？于是李闯无可奈何，就放他和他的父亲回去了。

王夫之是用这样的苦肉计让李闯释放了他的父亲，自己也没有受到屈辱，他是一个这样坚忍的人。当清兵入关后，南方也各自立了小朝廷，王夫之本来也希望小朝廷能恢复明室；当时南方立了桂王，他就依附桂王。

以汉族的立场来说，满族是敌人，是异族。但是明朝也不是一个好的朝廷，你如果看看明代的历史，明代的一些皇帝，那真是淫乱、残暴，而明朝的那些官吏也是贪赃枉法，明朝是个非常腐败的朝代，所以农民才会在各地发难起义。甚至到了后来崇祯皇帝死后，北京沦陷，明朝已经灭亡了，这些南方的小朝廷本来须励精图治，改过自新，可是他们争权夺利的毛病还是没有改变，所以南明也很快地灭亡了。虽然清朝占领北方，但是中国土地那么大，南明可以据长江而自守。但是南明还是很快地败亡了，这就因为南明的几个小朝廷自己内部都还是争权夺利，腐败颟顸。

王夫之曾经一度依附桂王，他的忠爱是想恢复明朝，可是看到这些朝臣如此败德、淫靡及争权夺利，他很失望地退隐了。他退隐到哪儿呢？他退隐到湖南的一个荒山之中，这个荒山叫石船山，所以后人称他为船山先生。他是一个有理想的人，他不但要自己有最好的品德人格，而且也想把他自己所体会的做人的道理传给后代的人。他把自己读书的心得、体悟写了下来，他有不少的著作传下来，所以王夫之是个了不起的人。他也写小词，也写明清之间的乱亡，可是他跟李雯的心境是不同的。在他的《蝶恋花》[1]后面那"梦里鹅黄拖锦线，春光难借寒蝉唤"几句词里，他的感情是深重的，是专一的。我就是怀念我的故国、我的朝廷。我的梦里边是"鹅黄拖锦线"，是那春天的柳树，是生命的美好。

我曾经说，好的词是有很多的潜能，这几句可以给我们两个联想：一个联想的可能是说过去的明朝，也就是我的祖国存在的时候，像春天时鹅黄嫩绿的柳丝拖着像锦线似的长条，是我对旧日明朝的怀念；还有一个联想的可能，他不是曾经侍奉桂王永历的朝廷吗？他也曾经希望永历朝能有这样美好的日子，有一个光荣美好的未来。"梦里鹅黄拖锦线"不也可能暗示对小朝廷有这样的期待和盼望？可是旧的明朝灭亡了，永远不会回来了。而小朝廷是这样的淫乱腐败、争权夺利，没有希望；"春光难借寒蝉唤"，那美丽的春天再也不会回来了，而我就像这秋天的蝉。这首词写的是衰柳，蝉是落在柳树上，蝉所托身的是衰柳，也就像王夫之所依附的这个国家是衰败的、灭亡的。我在这个树上想把春天呼唤回来，我是一只在衰柳上的寒蝉，是没有办

---

[1] 《蝶恋花·衰柳》：为问西风因底怨？百转千回，苦要情丝断。叶叶飘零都不管，回塘早似天涯远。　阵阵寒鸦飞影乱。总趁斜阳，谁肯还留恋？梦里鹅黄拖锦线，春光难借寒蝉唤。

法借着我的感情、借着我的愿望、借着我的呼唤，就把那美好的时光呼唤回来的，这就是"春光难借寒蝉唤"。他写得也很好，可是他表现的感情跟李雯是不同的。

本文作于 1994 年

云间三子之中，李雯的遭遇最为悲惨。在明清易代之际，宋征舆变节出仕，陈子龙投江殉节。李雯当时在北京侍奉父亲，李闯入关时，李雯之父殉节自杀，身为人子，李雯要守父亲之灵，而且要把父亲的遗体送回故乡，所以不敢自杀。他流落街头，贫病无以为生，遂有已经降清的父执一辈的朋友劝他出仕清朝，保全生命。李雯遂不得已而降清，内心极为痛苦。当清朝颁布剃发令的时候，李雯曾写过一篇文章，题为《答发责文》。当时战乱之间，道路阻隔，他不能奉父棺回乡。三年后，路途平静，李雯奉父亲尸骨还乡以后，在返回京师的途中死去，所以读李雯的词常会感到一种难以言说的悲哀苦痛，因此反而造就了李雯在云间三子的诗文中最为哀感动人的成就。王国维曾云"天以百凶成就一词人"，真信然也。

2022 年 2 月 18 日补记

夏完淳评传

一、 夏完淳的生平

关于夏完淳的生平事迹，我们很不容易找到有系统的参考资料。这当然一则因为他只有短短十七年的生命，生活历史太短促，所以不易引起一般人士的注意；一则因为他死以后中国就被清朝统一，在异族统治之下，这一类民族英雄的史迹，当然不容许人们来发扬光大。所以夏完淳就一直被湮没了三百多年。现在我们想要整理夏完淳的生平事迹，第一先要把有关夏完淳的记载分别抄录起来，然后再将这些记载加以归纳，作一个有系统的叙述，这样我们对他的生平就可以大概知道了。

《明史·陈子龙传》附有夏完淳的父亲夏允彝的传，在篇末提到夏完淳，但只有寥寥几句话，语焉不详，仅记载说

"……允彝死后二年，子完淳、兄之旭，并以陈子龙狱词连及，亦死"。

《夏节愍全集》卷首事略云："夏完淳，允彝子。年十六，从师陈子龙起兵太湖。遵父遗命，尽以家产饷军。子龙战败，完淳走吴易军为参谋。被执至留都，经略欲宽释之，谬曰：童子何知，岂能称兵叛逆，误堕贼中耳。归顺当不失官。完淳厉声奋骂不已，经略色沮无以应。时完淳妇翁职方司主事钱旃同在讯，气稍不振，完淳厉声曰：当日者公与督师陈公子龙及完淳同时歃血，上启国主，为江南举义之倡，江南人莫不踊跃，今与公慷慨同死，以见陈公于地下，岂不亦奇伟大丈夫哉！旃遂不屈，与完淳同死。"

王鸿绪《明史稿》载："夏存古（完淳号）生有异禀，七岁能诗文，年十三拟庾信作《大哀赋》（按完淳作大哀赋诗，已在其父允彝殉节以后，当为十五岁时，此处记载为十三，不确），文采宏逸。允彝死后二岁，以子龙狱词连及，亦逮下吏，谈笑自如，作乐府数十阕，临刑神色不变。"

吴泉之《夏内史集》谓：夏完淳，字存古，江南华亭人，明考功郎中允彝子，弘光时以荫授中书。本朝顺治丁亥，走吴易军为参谋。被执不屈，死。年十七。

又相城子方留，原为完淳幼年时的好友，曾为完淳的狱中作品《南冠草》写序，序云：壬辰冬，偶游四明。与朱陆诸子论甲乙以后忠节，及松江诸公，余言夏瑗公死最早，其子完淳，字存古，以十七死。其人其文，古未有也。诸子请其详。余曰：存古五岁知五经，九岁善诗赋古文，十六十七与友人有事会中，会江东有诏谥瑗公文忠，子荫中书，存古乃上表及疏，称中书臣完淳以进报，……追就鞠金陵，某某欲活之，曰：汝年少岂知兵？存古曰：吾年少岂不知兵？某曰：汝口何不惜汝身？曰：倘死而复生，他日中兴必先文忠与我也，身何足惜？因顾谓其妇翁曰：男儿死耳，何能作求生状？遂就义于金陵之西市。

此外《成仁录》所记载夏完淳之生平，亦颇为详尽，记云：夏完淳者，字存古，华亭人，吏部郎中允彝之子也。年十六从师陈子龙起兵于太湖，遵父遗命，尽以家产饷军。鲁监国遥授编修。子龙战败，完淳走吴易军为参谋，兵败被执至留都。经略洪承畴欲宽释之，谬曰：童子何知，岂能称兵叛逆？误堕贼中耳。归顺当不失官。完淳厉声曰：我尝闻亨久（洪承畴字）先生本朝人杰，松山杏山之战，血溅章渠，先皇震悼褒恤，感动华夷，吾尝慕其忠烈，年虽少，杀身报国，岂可以让之？左右曰：上座者即洪经略。完淳叱之曰：亨久先生死王事久矣，天下莫不闻之。曾经御祭七坛，天子亲临，泪满龙颜，群臣呜咽。汝何等叛徒，敢伪托其名，以污忠魂。因跃起奋骂不已。承畴色沮无以应。时完淳妇翁方司主事钱栴同在讯，气稍不振，完淳厉声曰：当日者，公与督师陈公子龙及完淳三人，同时歃血，上启国主，为江南义举之倡，江南人莫不踊跃，今与慷慨同死，以见陈公于地下，岂不亦奇伟大丈夫哉？栴遂不屈，与完淳同死，弃市金陵之西市。

综合上面所抄录的各方面的数据来看（关于夏完淳的父亲的资料，详见"夏完淳的家庭与师友"），夏完淳生平的事迹大致如后。

夏完淳字存古，号小隐，乳名叫作端哥。他是华亭人（明末属松江府治）。生于明崇祯四年（1631 年），他的父亲夏允彝，号彝仲，好古博学，曾和同邑的陈子龙、杜麟徵、周立勋、徐孚远、彭宾等人，组织几社，号称几社六子，名重海内，勤于诗古文词。社内名家辈出，夏完淳生在这种环境中，自幼就受他父亲的教导，又加上他自己天赋异禀，所以五岁时已经能通晓五经，又拜陈子龙为老师，七岁已能为诗文，九岁能词赋，当时已有著作诗文一卷《代乳集》，下笔如神，从小就有神童之誉。

完淳七岁的时候，他父亲夏允彝与陈子龙，一同考中了崇祯丁丑进士（崇祯十年，1637年），夏允彝被授为福建长乐县的知县，做了五年知县，吏部尚书郑三俊举天下廉能知县七人，以允彝为首，将蒙特擢，而恰巧这时候完淳的祖母死去了，于是允彝以丁母忧还乡。当时正是崇祯十五年（1642年），完淳十二岁的时候。

不到两年，李自成攻陷京师，崇祯帝缢死梅山，时为甲申（崇祯十七年，1644年）三月十九日，允彝父子在故乡闻北都之变，曾痛哭累日，乃毁家倡义。当时完淳只有十四岁，但他平日关心国事，喜阅邸抄（政府公报），一旦知道国变，便和他的好友杜登春（杜麟徵之子）等四十余人团结起义，号称江左少年，他并且作了一篇《江左诸少年讨叛降逆臣檄》，中间有句说：子明髫发之年，便能击贼；讨逆成童之岁，即善言兵，誓不与此贼俱生河朔。慷慨激昂，正义凛然。而山海关总兵吴三桂则开关延敌，引兵入据中原。完淳的父亲夏允彝乃走谒尚书史可法，谋复兴之计。适福王即位南京，改元弘光，起用夏允彝为吏部考工司主事，允彝以未终制，疏请不赴。而当时马士英、阮大铖等谗臣当道，文武离心，内外解体，次年（清顺治二年，1645年），清兵遂下扬州，渡江陷金陵，开始扫荡江南，扬州十日与嘉定之屠，男丁被杀戮，妇女被奸污，房产被焚烧劫掠，蹂躏极惨，江南一些有志之士，乃纷纷起义。就在这一年闰六月十日，允彝父子与陈子龙等起兵松江，且延致总兵吴志葵等为守城之计。奋力抗战了两个多月，终因兵力不支，是年八月，松江便为清军所攻破。允彝乃作绝命词自沉松塘而死。子龙、完淳走匿，得免于难。这时夏完淳只有十五岁，他眼见祖国的沉沦灭亡、父亲的抗敌殉节，心里悲愤到极点，于是他作了一篇《大哀赋》来发抒内心的悲哀感慨，写得极其沉痛，前面还有一篇序，不但文辞工丽，而且充分写出了本身的遭遇和心志。序云："粤以乙酉之年，壬午之月，玉鼎再亏，金陵不复。公私倾覆，天地崩离。托命牛衣，巢身蜗室。吊东幸之翠华，蒙尘枳道；望北来之浴铁，饮马姑苏。申胥之七日依墙，秦庭何在？墨允之三年采蕨，周粟难餐。黄农虞夏，邈哉尚友之乡；南北东西，渺矣容身之所。在昔士衡有辩亡之文，孝穆有归梁之札。客儿饮恨于帝秦，子山伤心于哀乱。咸悲家国，并见词章。余始成童，便膺多难。揭竿报国，束发从军。朱雀戈船，萧萧长往；黄龙战舰，茫茫不归。两镇丧师，孤城溃版；三军鱼腹，云横歇浦之帆；一水狼烟，风动秦房之火。戎行星散，幕府飚离。长剑短衣，未识从军之乐；青磷蔓草，先悲行路之难。故国云亡，旧乡已破，先君绝命，哭药房于九渊；慈母披缁，隔祇林于百里。羁旅薄命，漂泊无家。万里风尘，志存复楚；三秦壁垒，计失依刘。蜀帝子规，千山俱哭；吴江精卫，一水群飞。哭海岛之田横，尚无其地；葬平陵之翟义，未有其人。天晦地冥，久同泉下；日暮途远，何意人间。鲁酒楚歌，何能为乐；吴歈越唱，只令人悲。已矣何言，哀哉自悼。聊为此赋，以舒郁怀。呜呼，黄旗紫盖，雪戟霜矛。何以南朝天子，竟投大将之戈；北地单于，遂系降王之组。岂高庙之馨，十七世而旁移；孝陵之泽，三百年而终斩乎？此天时人事可以疾首痛心者矣。国屯家难，瞻草木而抚膺；岳圮辰倾，睹河山而失色。劳者言以达其情，穷人歌以志其事。追原祸始，几及千言。寄愁心于诗酒，阮籍穷途；结豪士于屠箫，张良沧海。后有作者，其亦重悲余志也夫。"从这篇《大哀赋》序，我们不但看出了他对国难家仇的悲愤，更可以看出这十五岁的爱国青年的激昂的胸怀与不凡的才气。

第二年（顺治三年，1646 年），夏完淳的老师陈子龙起兵太湖（鲁王授陈子龙以兵部侍郎兼翰林院学士，令结太湖兵举事），许多忠义之士都在其中，于是夏完淳也跑去参加了这一支抗敌救亡的军队。而当时恰好夏完淳的岳丈钱旃也在军中，于是夏完淳、陈子龙与钱旃三个人，乃歃血为盟，决心以抗敌复国为己任。夏完淳更遵从父亲的遗命，将全部家产变卖了来捐助军饷，鲁王知其事，遂授夏完淳以编修之职。当时凡参加义军的人，莫不抱有舍生忘死的决心，但可惜兵力太薄，又起于仓促之间，没有经过长久的训练，而且粮饷也没有正式的来源，军械也没有充足的准备，虽然在腥风血雨中，他们都曾以性命去搏斗，但是因为清军四面围攻的军队兵力极强，众寡不敌，所以这一支义军终于失败了。

然而夏完淳抗敌复仇的决心，却未曾因此而稍挫。当时恰好有兵部主事吴易与举人孙兆奎起兵吴江，于是夏完淳又跑到吴易的军队中去做了参谋。有一次清兵来讨，夏完淳用计沉其舟获胜，军心大振。清军嫉之，又命嘉兴总兵李遇春率舟师来讨，又为吴易、夏完淳等所败，且俘获船只五十四艘。清提督吴兆胜遂亲以舟师至，易等出战塘口，用夏完淳计伏兵芦岸，复大败清兵，夺舟二十余，声势更盛。而会清王子博和托至杭州，俘潞王北上，途经其地，知吴兆胜兵败，遂分精锐与兆胜军合，复大举来攻。一日，乘大雨，断绝了诸港的出路，蹙吴易军尽歼之，奋斗既烈，牺牲尤惨。举人孙兆奎被执身死，吴易的父亲吴承绪、妻沈氏及女皆投水死难，吴易子身走免，完淳亦走免。几次失败，夏完淳都没有牺牲，这并不是他贪生怕死不肯牺牲，而是因为他的任务还没有完成，所以不愿没有代价而白白牺牲。他在《土室余论》中曾经说过：先文忠为国死，淳也为国生。只要留得一口气在，他是不会放过和敌人拼命的机会的。

次年（顺治四年，1647 年），吴江人周瑞等，复聚众长白荡计划起义，请吴易去主持，于是夏完淳也与吴易同时加入了这支义军，重整旗鼓，再谋复兴。清巡抚王国宝遣副将来讨，吴易、完淳等奋勇抗战，终于打败了清兵。当时忠义之士，莫不志意奋发，于是计划与倪抚合营，共谋大举。吴易遂往嘉兴去联络，不幸，为清军侦者所知，吴易遂于途中被执。完淳等知其事，方惊愤间，而清军大至，四面围攻，因为事出仓卒，且众寡不支，于是夏完淳与周瑞等所领导的这一支义军，终于又失败了。

同年四月，陈子龙与松江提督吴胜兆的义举也失败了，陈子龙被获，于五月乘间投水死。吴易被执后，不屈，亦死。这时，江南的义军差不多都已先后被扑灭，夏完淳遂潜居乡间，待机再举。但不久，因为陈子龙狱词连及，而且当初唐王追念他父亲夏允彝的忠节谥为文忠，又授完淳为中书舍人的官职，完淳曾草了一篇谢表，托谢尧文带去呈奏，尧文在途中为清军侦者所获，被搜出了夏完淳的谢表，于是清军下令对夏完淳加以通缉，所以夏完淳终于不免被清军捕获。

当夏完淳被执离开故乡的时候，曾经作有一首诗说："三年羁军旅，今日又南冠。无限河山泪，谁言天地宽？已知泉路近，欲别故乡难。毅魄归来日，灵旗空际看。"这首诗充分说明了他的抗战生涯虽然结束了，然而他成仁死义的决心，却是坚不可屈的。所以虽然在家人哀哭声中，他终于高吟着"忠孝家门事，何须问此身"而昂然上道了。路上他仍然谈笑赋诗，神色自若，丝毫没有恐惧退缩的样子。入京时经过丹阳，他曾经作有一首七律说："万里河山拱旧京，楚囚西去泪如倾。斜阳衰柳丹阳郭，细雨孤帆白下城。残梦忽惊三殿报，新愁翻觉一身轻。从军未遂平生志，遗恨千秋愧请缨。"身死不足惜，可惜的是壮志未酬，三百年后的今天，我们读起来，犹为之有余恨。

到金陵以后，完淳被囚禁在故内珰的宅子里，羁押了两个多月。时入深秋，天气渐寒，完淳抑郁之余，便和同禁的一些人终日纵横诗酒，将一腔悲愤发为诗文，"相对银铛趋右掖，梦中犹作侍臣看"的句子，真是至死不忘故国。他又写了两封信给母亲和妻子，有"人生孰无死，贵得死所耳"的话，也仍是壮烈激昂，满腔忠义。

当时，降清的洪承畴，受清顺治的诏令"招抚江南各省地方总督军务"，所以就由他来亲自审问夏完淳。洪承畴听说过夏完淳的"江左少年"的才子之名，又因为夏完淳的年纪很轻，以为他没有什么坚决的意志，所以很想也劝他投降清为异族所用。在审讯夏完淳的时候，洪承畴故意开脱他说：童子何知，岂能称兵叛逆？误堕贼中耳。归顺当不失官。完淳厉声回答说：我曾听人说洪亨久先生是本朝人杰，松山之役，为国殉节，先皇震悼，感动华夷，我虽年幼，但很仰慕他的忠烈，杀身报国，岂可以让之？左右的人告诉他说：上面坐的就是洪经略。完淳故意仍作不认识，叱骂他们说：亨久先生死王事久矣，天下莫不闻之，曾经御祭七坛，天子亲临，泪满龙颜，汝何等叛徒敢伪托其名，以污忠魂？于是破口大骂，承畴内心惭怍，色沮无以应。当时，完淳的岳丈钱旃，与他同时受审讯，颇有迟疑的样子，完淳厉声说：当日者，公与督师陈公子龙，及完淳三人，同时歃血，为义举之倡，今与慷慨同死，以见陈公于地下，岂不亦奇伟大丈夫哉？男儿死耳，何能作求生状？钱旃遂亦振起不屈。于是二人同时被判了死刑。

一个凄冷的深秋的黎明，夏完淳和他的岳丈钱旃，一同被押往金陵西市去受刑，途中经过钟山脚下，正是明太祖孝陵所在之地。夏完淳抬起头来，在晨光熹微中看到一片寒碧的山色，他不由大声呼道：好山色。某今日得瞻高皇帝孝陵而死，尚复何憾乎！为了保卫祖国大好的河山，为了发扬民族忠义之气，牺牲是值得的，于是夏完淳慷慨就义了。临刑前叫他下跪，他坚持不肯下跪，"执刑者从喉间断之而仆"。当时正是顺治四年（1647年）的九月十九日，我们这位青年民族英雄只有十七岁的年龄，就这样悲壮地殉节而死了。他的生命历程虽短，然而他的精神却将与中华民族共垂不朽了。

其后，到乾隆四十一年赠谥为夏节愍公，按《史记正义》谥法解曰：好廉自克曰节，在国逢难曰愍，使民悲伤曰愍，足见夏完淳的节烈之行，甚至使得异族的统治者都对之敬仰了。这一点说明我们的民族精神是"至刚至大"决不屈服的。

二、 夏完淳的家庭和师友

（一）夏完淳的家庭

夏完淳在仅仅十七岁的年纪，就能于学问气节有这样不平凡的表现的缘故，大半源于他幼时所受的家庭教育。

夏完淳的父亲夏允彝是几社的创始人，与陈子龙、杜麟徵、周立勋、徐孚远、彭宾号称为几社六子，相与研讨学问，砥砺气节，名重海内。甲申北都沦陷，曾走谒史可法，谋复兴之计。乙酉清兵南下之际，又曾投书，请存南明半壁江山，书入不报，乃与同邑陈子龙及总兵吴志葵等起兵松江，事败，殉节而死。

《明史》记之曰：夏允彝，字彝仲。弱冠举于乡，好古博学，工属文。是时东林讲席盛，苏州高才生张溥、杨廷枢等慕之，结文会名复社。允彝与同邑陈子龙、徐孚远、王光承辈，亦结几社相应和。崇祯十年，与子龙同成进士，授长乐知县，善决疑狱。他郡邑不能决者，上官多下长乐。居五年，邑大治。吏部尚书郑三俊举天下廉能知县七人，以允彝为首。帝召见，大臣方岳贡等力称其贤，将特擢。会丁母忧，未及用。北都变闻，允彝走诣尚书史可法，与谋兴复。闻福王立，乃还。其年五月，擢吏部考工司主事，疏请终制，不赴。御史徐复阳希要人旨，劾允彝及其同官文德翼居丧授职为非制，以两人皆东林也。两人实未尝赴官，无可罪。吏部尚书张捷遽议贬秩调用。未几，南都失，彷徨山泽间，欲有所为。闻友人侯峒曾、黄淳耀、徐汧等皆死，乃以八月中赋绝命词，自投深渊以死。

温睿临《南疆逸史》卷三亦有记载云：夏允彝，字彝仲，华亭人。少敏悟，与同郡陈子龙、太仓张溥、长洲杨廷枢，俱以文名，弱冠举于乡，益肆力于学。又二十年，登崇祯丁丑进士，授长乐知县，有异政。居五年，邑大治，将举卓异，会丁母忧归。江南建国，擢考功主事，不赴。乙酉八月，大兵遣安抚官入郡，士大夫不出谒者，以逆罪罪之，允彝避于野，投之书，曰：有清革命，万物维新，明室废臣，理应芟除，某何所遽死。顾有一言，为清朝策者，昔金人渡江，下三吴，抵温、宁，还师，以授宋高，未尝获寸土焉。即中原之地，亦举以授张邦昌、刘豫，而不自有者，诚以南土卑湿多疫，海险江深，毒蛇匝地，聚蚊若雷，吐呕霍乱，以时而发，同居中国，北人之吏于南者，犹以为病，况塞外来者，能堪此哉？昔蒙古之为南吏者，以三月至九月归，一切吏事，华人为政，至赋税尽逋，自海漕之外，无入焉，未及七八十年，而吴浙剧寇，猬毛而起，江南大乱，河北瓦解，是江南为元累，而不为元利明矣。使元割江南予宋，岁辇金缯以实北地，则元之疆历世未艾也，愚为今计，莫若以淮为界，存明之宗社，而责其岁币焉，于名甚隆，于利可久，惟执事裁之。书入不报。是时总兵吴志葵方起兵吴松江，允彝入其军，为之飞书走檄，联络江浙士大夫，由是四方响应，然皆文士不知兵，而所聚率市井无赖子，见敌辄靡，迄于无成。或说之入海趋闽，允彝曰：吾昔吏闽，闽中八郡咸怀思，我今往辅新主图再举，策固善，然举事一不当，而遁以求生，何以示万世哉，不如死也。嘉定侯峒曾遇害，允彝经纪其丧，归即欲死，其兄之旭讽以方外，允彝曰：是多方以求活耳。当事重其名，欲招致之，曰：夏君来，我大用之，即不愿，第一见我。允彝曰：譬有贞妇，或欲嫁之，妇不可，则语之曰：尔即勿从，姑出其面，妇将搴帷以出乎？抑以死自蔽乎？乃作绝命词，九月，自沉于松塘，尸浮水面，衣带不濡，三日，而黄道周奉隆武檄，以翰林侍读兼给侍中召，则方殓矣，使者哭而去。明年，赠左春坊左庶子，谥文忠。所著幸存录为绝笔。

此外徐鼒《小腆纪年》卷十七亦有记载，与《南疆逸史》大致相同，而小有文字之异，今亦录之，以资参考：夏允彝于北都亡，走谒尚书史可法，谋复兴，弘光帝立，乃还。乙酉八月清安抚官入松江，允彝投之书曰："大清革命，万物维新。故明废臣理应芟除，其何所逃死。顾有一言为盛朝陈之：昔金人渡江，下三吴，抵温宁还师，以授宋高，即中原之地，亦举以授张邦昌、刘豫者，诚以南土庳湿多疫，海险江深，毒蛇匝地，聚蚊若雷，呕吐霍乱，以时而发。凡同居中国，北人吏于南者，犹以为病，况自塞外来耶？昔蒙古之为南吏者，以三月至，九月归，一切吏治，唯中土人是问，其赋税漕粮，尽由海运，未及八十年，而吴浙剧寇猬毛以起，江南大乱，河北瓦解，是江南为元累，不为元利矣。向使割江南以予宋，岁辇金缯以实北地，则元之疆正未艾也。今为盛朝计，明之支系缀若悬丝，莫若以淮河为界，存其宗社，则可收千百世兴灭继绝之功，责其岁币，亦可获数万里盟主睦邻之利。于名甚隆，于利可久，惟执事以下裁之。"书入不报。总兵吴志葵起兵吴淞，允彝入其军，为之飞书走檄，四方响应。然皆文士不知兵，迄于无成。松江破，或说之入海趋闽，允彝曰：我昔吏闽，闽中八郡咸德我。今往图再举，策固善。然举事一不当而遁以求生，何以示后世哉？不如死也。乃作绝命词，自沉松塘而死。

我们从前面抄录的各种记载来看，夏允彝是一个"志常在天下"的人，北都沦陷后，即多方奔走设计，想要保存南明半壁江山，徐图复兴。可惜书入不报，举义亦未能成功，终于殉节而死。贞妇之喻，以及多方求活之言，真是何等坚决，何等悲痛。夏完淳有这样一位父亲，则他幼年时所受的教育可想而知。他的国家民族观念以及忠义气节，大半得之于他父亲的教导熏陶，这是无可置疑的事。而且夏允彝又是一个"好古博学"的人，他的著作大致有下列数种：

《禹贡古今合注》五卷（嘉庆松江府志艺文）

《瓶室私制策》一卷（徐乾学传是楼书目）

《幸存录》六卷（明季稗史本）

《六子文选》二十卷（光绪《华亭县志·艺文》，原注陈子龙、夏允彝、徐孚远、李雯、彭宾、王允元、朱灏、顾开雍、宋存楠等合着。案即《壬申文选》）

所以夏完淳从幼年起，在诗文方面就有了极好的根底，家学渊源，这也仍然得归功于他父亲的教导熏陶。

此外夏完淳还有一位伯父——就是那位讽夏允彝以方外的哥哥——夏之旭，也在顺治四年五月二十五日，一人走入文庙，自缢于颜子的牌位旁边了。他的死要比完淳早三个多月，夏完淳亲眼见到父亲与伯父的殉节自杀，这对于他后来被执不屈的决心，当然也有极大的激励。

而同时更可贵的是，夏完淳还有着两位良母（一位嫡母，一位生母）与一位贤妻。他在《狱中上母书》中说道：

"慈君推干就湿，教礼教诗，十五年如一日。嫡母慈惠，千古所难。"所以夏完淳的人格修养，得之于父母的教导启发的必定很多。而他的妻子也极其贤淑，他在《遗夫人书》中说他的妻子是"贤淑和孝，千古所难"，而且"未尝以家门盛衰，微见颜色"。原来他的妻子是钱旃之女。钱旃曾与夏完淳、陈子龙歃血为盟，起兵抗清，事败，与完淳同时殉节而死。光绪《嘉善县志》卷二十记之云：钱旃，字彦林，崇祯六年举于乡，性好客，筑两别业，郭以内，名彷村；郭以外，名半村，金石书画充牣其中，客之蹑屩结辖来者，皆餍饫过望而去，故名重于时。与张太史溥，陈给事子龙结社往来。时事既棘，乃屏去声妓，集古兵法，刻《城守要略》一书。给事特疏荐其知兵，授职方郎中，国破，与婿夏完淳同死。《静志居诗话》卷二十一对钱氏亦有记载云："钱旃家族，死难独多。朱彝尊云：'吾乡科第之盛，数嘉善钱氏，抚军相国二房联华接武，相国有仲驭，抚军有彦林，后先以死勤事。'俞右吉云：'彦林贵公子，性好结客，复社未举之先，吴有应社，彦林实倡之。平生与卧子（按即陈子龙）交最深，卒同其祸。仲子不识，女婿夏存古，咸有神童之目。存古年十七，慷慨就死，与妇翁白首同归，尤世所难也。'"既然说钱旃家族，死难独多，则夏完淳的夫人钱氏，在母家所受的教养可想而知了，所以她能"未尝以家门盛衰，微见颜色"。贤淑和孝，丝毫没有以儿女私情连累丈夫，因此夏完淳得以慷慨从容地完成了他身为国用殉节而死的志愿。这样一门忠烈的家庭，真是值得我们称述效法的。

（二）夏完淳的师友

说到夏完淳的师友，我们势不能不先提到他父亲的几社组织。因为夏完淳殉节的时候，才只有十七岁，他自己本身并没有结交很多的朋友，当时与他一同努力于复兴国家民族的同志，大半是他父亲夏允彝的朋友。与夏完淳的关系，正是处于"师兼友"的地位。而说到几社的组织，我们又不能不先谈一谈明代的社党。明朝自神宗之怠荒弃政，继以熹宗之昵近阉人，中央政治既渐趋腐化，一般官僚更多以依附阉宦而得势。当时的书生士子为了尊重名节，羞与为伍，乃相率引去。《明史·魏忠贤传》云："神宗在位久，怠于政事，章奏多不省。廷臣渐立门户，以微言激论相尚。国本之争，指斥宫禁，宰辅大臣为言者所弹击，辄引疾避去。吏部郎顾宪成讲学东林书院，海内士大夫多附之，东林之名自是始。"当时贤人君子辈出，操持名节，砥砺道德。

迄于天启间，魏忠贤嫉朝中守正不阿诸君子，于是指东林为党为邪。天启五年十二月，魏忠贤矫旨颁示天下，禁锢东林诸君子。崇祯纪元，党禁既解，思用旧人，然存者已属寥寥。于是张溥与夏允彝等，乃有燕台十子之盟之倡，杜登春《社事始末》云："是时娄东张天如先生溥、金沙周介生先生钟，并以明经贡举入国学，而先君子（按即杜麟徵）登辛未贤书，夏彝仲先生允彝亦以庚午乡荐，偕游燕市，获缔兰交，目击丑类猖狂，绝绪衰结，慨然深结，计树百年，于是乎先君与都门王敬哉先生崇简，倡燕台十子之盟，渐至二十余人……"及后张溥组织复社，夏允彝等组织几社。《社事始末》云：娄东（张溥）、金沙（周钟）两公之意，主于广大，须我之声教，不讫于四裔不止，先君（杜麟徵）与会稽先生（陈子龙）之意，主于简严，唯恐汉宋祸苗，以我身亲之，故不欲并称复社，自立一名，尽取友会文之实事。几字之义，于是寓焉。"所以陈鼎《东林列传》谓："东林分则为复社，又分而为几社。"实则此三组织，虽看似有关系，而实在却不可混为一谈。原来东林与阉宦之争垂数十年，直到北都沦陷，弘光、永历诸朝，虽偏安局促，国已不国，而党派之间，犹勾心斗角，排挤不已，竟置国家于不顾，而其末流如钱谦益、吴昌时辈，或为反复小人，或竟贿赂公行，更为东林之玷。而复社之成立原以"务为有用"为目的，《复社纪略》记张溥所立规程云："自世教衰，士子不通经术，但剽耳绘目，几幸弋获于有司，登明堂不能致君，长郡邑不知泽民。人才日下，吏治日偷，皆由于此，溥不度德，不量力，期与四方多士，共兴复古学，将使异日者务为有用，因名曰复社。"其成立之宗旨固善，唯是分子过于庞杂，所以《复社纪略》又云："好修之士，以是为学问之地，驰骛之徒，亦以是为功名之门。"诚以复社专务广通声气，而不讲究收容分子之品类，所以颇易引起别人之指摘与批评。而夏允彝等在松江所组织之几社，因有鉴于东林复社之前车，所以不敢专事务外，而意主简严，非师生子弟不同社。《南吴旧话录》卷二十三记其事云："几社非师生不同社，或指为此朋党之渐……夏考功曰：'吾辈以师生有水乳之合，将来立身必能各见渊源。'"其取友既严，所以声名不若东林、复社之煊赫，然而也正以其主张务内，勤于诗古文词，与经史制义，所以社内作家较多，学术地位亦较崇高，如夏允彝之以经义见长，徐孚远之覃精六艺淹贯史册，陈子龙之工于律诗骈文，皆负一时盛名。所以夏完淳在文学一方面，也能在十七岁的年龄就有极不凡的成就，当然受这些几社中父执师友的熏陶极大。而另一方面又以几社平日重视廉隅，致力精神修养，重视民族气节，所以当乙酉清兵南下，弘光北狩之时，几社诸子为故君起义而革命于新朝者颇多，虽然事多未遂，半皆殉国，然而大都能深明夷夏之防，其忠君爱国思想之一致，深可为"将来立身必能各见渊源"一语的证明。夏完淳的"身为国用"殉节死难的伟大人格，受几社这种环境的影响必极深，现在我们从史册记载之可考者，来看一看夏完淳一些忠义殉节的师友的情形。

陈子龙

《明史》记：陈子龙，字卧子，松江华亭人。生有异才，工举子业，兼治诗赋古文，取法魏晋，骈体尤精妙。崇祯十年进士，选绍兴推官。东阳诸生许都者，副使达道孙也。家富，任侠好施，阴以兵法部勒宾客子弟，思得一当。子龙尝荐诸上官，不用，东阳令以私憾之。适义乌奸人假中贵名招兵事发，都葬母山中，会者万人。或告监司王雄曰："都反矣。"雄遽遣使收捕，都遂反。旬日间聚众数万，连陷东阳、义乌、浦江，遂逼郡城，既而引去。巡抚董象恒坐事逮，代者未至。巡按御史左光先以抚标兵，命子龙为监军讨之，稍有俘获。而游击蒋若来破其犯郡之兵，都乃率余卒三千保南砦。雄欲抚贼，语子龙曰："贼聚粮据险，官军不能仰攻，非旷日不克。我兵万人，止五日粮，奈何？"子龙曰："都，旧识也，请往察之。"乃单骑入都营，责数其罪，谕令归降，待以不死。遂挟都见雄。复挟都走山中，散遣其众，而以二百人降。光先与东阳令善，竟斩都等六十余人于江浒。子龙争，不能得。以定乱功，擢兵科给事中。命甫下而京师陷，乃事福王于南京。其年六月，言防江之策，莫过水师海舟，议不可缓，请专委兵部主事何刚训练，从之。……未几列上防守要策，请召还故尚书郑三俊，都御史易应昌、房可壮、孙晋，并可之。又言："中使四出搜巷，凡有女之家，黄纸贴额，持之而去，闾井骚然。"……子龙又言："中兴之主，莫不身先士卒，故能光复旧物。今入国门再旬矣，人情泄沓，无异升平。清歌漏舟之中，痛饮焚屋之内，臣不知其所终！其始皆起于姑息一二武臣，以至凡百政令，皆因循遵养，臣甚为之寒心也。"亦不听。明年二月乞终养去。子龙与同邑夏允彝皆负重名，允彝死，子龙念祖母年九十，不忍割，遁为僧。寻以受鲁王部院职衔，结太湖兵，欲举事。事露被获，乘间投水死。

又嘉庆《松江府志》亦记之曰：乙酉闰六月十日，松江起兵，子龙设太祖像誓众，沈犹龙称总督兵部尚书，子龙称监军左给事中，延致水师总兵黄蜚，吴淞副总兵吴志葵，故巡抚王家瑞、苏松道李向中等，为守城计，鲁王授以兵部侍郎，兼翰林院学士，令结太湖兵举事。丁亥，以吴胜兆狱词连及，事露被获，乘间投水死。

此外《南疆逸史》卷三更有较详细的记载：陈子龙，字卧子，一字人中，松江人。幼时颖异，以经世自任，喜纵横之术，与郡人别树坛坫，名曰几社，海内多宗之。为文法王李，加以富丽，与江右艾南英争名，相诋讯不肯下。登崇祯丁丑进士，授惠州推官，改绍兴，折节下士，与诸生多叙盟社之交。先是东阳许都者，名家子，喜任侠，轻财好施，能得人，见天下将乱，阴以兵法部勒其所知。松江孝廉徐孚远见而奇之，谓子龙曰："许都国士，朝廷方破格求奇才，倘假以职，隐然干城也。"子龙在绍兴，因与都游，数荐之，上官不能用。东阳令姚孙棐贪而虐，与都有违言。会都有母丧，送葬者数千人，令疑有变，遂以反闻。都党执令笞之，旬日间，聚数万人，下东阳、义乌、浦江三县，浙东震动，然都一无所杀掠，遣从者谢长吏而已。巡按左光先调兵行剿，民各保寨拒敌，官兵大败。子龙单骑往谕之，都即解散其众，以二百人随子龙来降。光先忌其功，即论杀都，子龙救之不得，大恨。当是时，按臣专生杀，而光先尤庸懦。夫都以一书生，能集万众，其才必有大过人者，感知己一言，投戈就缚，此岂悖逆之人哉！激于贪令，无以自明，不得已走险耳。使贳其死，令率所抚众渡江逐贼自赎，当必有得当以报者，而顾令枭俊之士，骈首同尽。子龙记其事曰："激变之虐令不诛，受降之功绩不叙，官军剿杀平民，株连无辜，贼平数月，绎骚不得宁。呜呼，即此一事，知明之所以亡矣。"以招抚功，擢兵科给事中，子龙深痛负都，不赴也。南渡，起兵科，子龙上言："自古中兴之主，如少康、周宣，皆躬亲武事，以克仇邦。三代以后，汉之光武、唐之肃宗，莫不身先士卒。戎车数驾，故能光复旧物。未有深居法宫之中，履安处顺，而可以勘定祸乱者。今者人情泄沓，不异升平，从无有哭神州之陆沉，念中原之榛莽。臣瞻拜孝陵，依依北望，不知十二陵尚能无恙否？而先后之梓宫何在？兴言及此，陛下当尝胆卧薪，宵衣旰食。而群工庶尹亦宜砥砺锋锷，奋发志意，以报仇雪耻是务。庶中原可守，旧京可复。窃闻山东、河北义旗云集，咸拭目以望王师，而朝廷宴然，置之度外，何以收三齐技击之雄，慰燕赵悲歌之士乎？臣恐天下知朝廷不足恃，不折而归贼，则豪杰皆有自王之心矣。伏望陛下凤驾，幸京营大阅之，复弭节江浒，大集舟师，分命武臣，一至芜湖，一至营口，以视险要，固根本，使天下晓然知陛下下诏亲征，六师北发，归重淮泗。令一军由归、亳以入汝、洛，次潼关；一军由襄、邓以攻武关，出襄汉、巴、蜀之甲。燕、晋之师，则用之为奇兵，为声援，逆贼授首，可计日待矣。"又言防江之策，莫过水师，海舟之设，更不容缓。又言备边三害，又言收复襄阳，皆当时至计，莫之能用也。甲申八月，请假归里。马士英深忌之，恐其或奉潞藩以清君侧，未尝一日忘子龙也。南京不守，闰六月十日松江起兵。子龙设太祖像誓众，沈犹龙称总督兵部尚书，子龙称监军左给事中，延致水师总兵黄蜚，吴淞副总兵吴志葵，故巡抚王家瑞，苏、松道李向中等，为守城计。闽中授子龙兵部右侍郎，左都御史，浙东授兵部尚书，节制七省漕务。八月三日，李成栋破松江，子龙逃匿，无何，而有吴胜兆之事。胜兆提督松江，长洲诸生戴之隽客其所，教之反，阴遣人约舟山黄斌卿，令帅师来攻。而已从中起事，斌卿以故所封伯印，授胜兆，期于丁亥四月十五、十六两日，水师至松江。胜兆为谋不密，国人皆知之，同知杨之易，推官方重朗告变于总督，总督杀胜兆部将之在金陵者毕光胜。胜兆知事泄，亦杀之易重朗，下令入海，使其中军詹世勋及高永义侦海师之至，而海师已于十四夜，为飓风所没。世勋、永义登东南城头而望，烽烟寂然。两人遂变志，以兵劫胜兆，矫其令箭，召胜兆所亲信者尽杀之。戴之隽亦死。执胜兆送总督，穷治其狱，词连子龙，子龙亡命，与华亭夏之旭同奔嘉定，告急于侯岐曾，匿其仆刘驯家，已迁昆山顾天达所。官迹捕至嘉定，执岐曾，而总兵巴山别遣兵围天达家，遂获子龙，锁于舟中，泊跨塘桥下。子龙乘守者不备，跃入水死，五月某日也。其以匿子龙死者，延安推官顾咸正，诸生侯岐曾、张宽、夏之旭。

陈子龙与夏允彝交最密，夏完淳又曾师事子龙，且子龙起兵太湖时，夏完淳亦在军中，所以他在学问气节方面受陈子龙的影响最大。这是值得我们特别注意的。

吴易

《明史》记：吴易，字日生，吴江人。少有才名，兼有膂力，跅弛不羁，负气矜奇，好兵法，通任侠，间为诗文，传诵士林，非其好也。崇祯十六年成进士，不谒选而归。闻北都陷，感愤作恢复议四篇，入史可法幕下，扬州、吴江相继下，遂与同邑人孙兆奎，诸生沈自炳、自骊，暨夏完淳、吴福之等，号召舟师，聚众数千人，复吴江，遣人守之，屯军长白荡，出没五湖三泖间，清兵来讨，易用计沉其舟获胜。旋又败清嘉兴总兵李遇春，夺舟五十四艘于平望。唐王闻之，授兵部左侍郎兼右佥都御史，总督江南诸军务，进兵部侍郎，封长兴伯。清提督吴兆胜以舟师至，易出战塘口，伏兵芦岸，败之，夺舟二十余，声势大盛。会清王子博和托至杭州，俘潞王北上，率大兵略地而北，分精锐与兆胜军合，尽断诸港走路，乘大雨蟊吴易军而歼之。易以寡不敌众，遂败。易父承绪，妻沈氏及女，皆投水死。自騆、自炳、福之亦死焉。兆奎被执，一军尽歼。兆奎兵败时，虑易妻女被辱，视其死而后行，故被获，械至九江死之。易子身走，明年，其乡人周瑞等复聚众长白荡，迎易入营，未尝亦与焉。清巡抚王国宝遣副将来讨，为易所败，军威复振。其秋，易至嘉兴，谋与倪抚合营，侦者知之，清兵大至，易被执，至杭州，总督张存仁，甚重易，馆于署舍，劝以官，不应，劝以剃发，不许。就义于杭州之草桥门，将刑，易北面再拜曰：今日臣之志毕矣。时年三十五，其年周瑞、完淳亦兵败，俱不屈死。

夏完淳与吴易合作的时间最久，志意相合，气节相近，我们看吴易的被执不屈，从容就义，实可与夏完淳并称共美，完淳在狱中作有一篇七古《吴江野哭》，即为哭吴易之作。

徐孚远

《明史》记：徐孚远，字闇公，松江华亭人。崇祯举人。与同里陈子龙、夏允彝结几社，相砥砺为名节。有声于乡。国变后，起义兵。松江破，遁入海，从鲁监国漂泊海岛。旋至台湾，与郑成功相遇甚得，力图复兴，立海外几社，结识遗民，不久，死节于台湾。

全祖望《鲒埼亭集外编》卷十二亦记之云：南都既亡，夏公起兵，公（按即徐孚远）赞之。闽中晋兵科给事中。闽事不支，浮海入浙，而浙亦亡。会监国至，再出师。公周旋诸义旅间，欲令协和其事，而悍帅如郑彩、周瑞之徒不听。公复返浙东，入蛟关，结寨于定海之柴楼。时宁绍台诸府俱有山寨，以为舟山接应，柴楼最与舟山声息相近。辛卯，从亡入闽，时岛上诸军尽隶延平。延平闻公至，亲迎之，公以忠义为镵厉。戊戌，滇中遣使至海上，迁公左副都御史。是冬，随使入觐，失道入安南。安南国王要以臣礼，公大骂之，卒以完节还。寻入台湾，延平寻卒，公无复望，饰巾待尽，未几，卒于台湾。

其子世威亦死义。嘉庆《松江府志》卷五十五记之云：徐世威，孚远子。孚远与吴江举人吴易举兵太湖，世威亦在营。乙酉八月二十五日，大雨，为吴圣兆所败，一军尽覆，世威死之。

当时夏完淳与徐世威同在吴易军中，世威死难，完淳侥幸得脱。

侯峒曾

《明史》记：侯峒曾，字豫瞻，嘉定县人，给事中震阳子也。天启五年成进士，授南京武选司主事，丁父忧。崇祯七年入都，兵部尚书张凤翼荐为职方郎中，峒曾力辞，乃改南京文选司主事。吏部尚书郑三俊举天下贤能监司五人，峒曾与焉。召为顺天府丞，未赴而京师陷。福王时用为左通政，辞不就。及南京覆，州县多起兵自保，嘉定士民推峒曾为倡。遂偕里人黄淳耀、董用圆、马元调、夏云蛟等誓死固守。清兵来攻，峒曾乞师于吴淞总兵吴志葵，志葵遣游击蔡祥以七百人来赴。一战失利，束甲遁，外援遂绝，城中矢石俱尽。七月三日，大雨，城隅崩，架巨木支之。明日雨尽甚，城大崩。清兵入，峒曾拜家庙，挈二子元演、元洁，并沉于池。里人黄夏诸人皆死之。

夏完淳也曾师事峒曾，峒曾死，完淳有诗曰："忠烈简迈姿，淡然青云志。三凤齐雝鸣，修羽拂灵际。孤城战苦时，日落鼓声死。始知朝阳禽，亦复秋飚厉。六翮铩不垂，虚风满天地。兴怀慕义悲，言洒西州泪。"

此外侯峒曾的弟弟岐曾也受刑不屈而死。《明史》记之曰：侯岐曾，峒曾弟，字雍瞻。年十一与兄峒曾、岷曾补诸生，学使表其庐曰：江南三凤。及长，博览工文，重气节，敦行谊。以匿陈子龙故被逮，备受惨刑凡二十七次，终不屈。清巡抚王国宝阴使人致酒脯曰："汝湖海无名，待家信通得不死。"岐曾曰："我已无家，何信为？"曾有追哭亡兄峒曾殉节诗云："吾兄志气古人追，万旅云从建义旗。赤手银河非易事，丹心碧血岂求知？玉音竞说从天降，金版应怜出地悲。莫向春风梦春草，江家池岂谢家池？"遂受毒刑致死。

夏完淳与峒曾之子元演、元洁，友谊亦笃。完淳诗中有忆侯几道云俱弟兄之作云："春城烟雾晓阴阴，俯仰斜阳吊古今。万里河山犹故国，九京风雨自同心。欲知真主观司隶，未见孤儿属羽林。鹤唳华林人没后，河桥一阕泪沾襟。"而所谓"未见孤儿属羽林"者，则系二人之幼弟元瀞，年十一，便遭父母和诸兄殉难的大故，遂亦亡命从军，后亦殉国。如侯峒曾兄弟父子者，也可说是一门忠烈了。

黄淳耀

《明史》记：黄淳耀，字蕴生，嘉定人，号陶庵。崇祯十六年进士。南都亡，嘉定破，忾然太息，偕弟入僧舍，将自尽。僧曰："公未服官，可无死。"淳耀曰："城亡与亡，岂以出处二心？"索笔书曰："弘光元年七月二十四日，进士黄淳耀自裁于城西僧舍。"遂自缢死。

黄淳耀与侯峒曾等皆为允彝好友，平日过从甚密，夏完淳受他们的影响必也极多。

徐汧

《明史》记：徐汧，字九一，长洲人，生未期而孤，稍长，砥行，有时名。与同里杨廷枢相友善。崇祯九年，汧成进士，改庶吉士，授检讨。三年，廷枢举应天乡试第一。时黄道周因救钱龙锡贬官，汧上疏颂道周贤，且自请罢黜。疏曰："推贤让能，盖臣所务；难进易退，儒者之风。间者陛下委任之意，希注外庭，财察之权，辄逮阉寺，默窥圣意，疑贰渐萌。万一士风日贱，宸向日移，明盛之时，为忧方大。"帝不听。汧寻乞假归。京师陷，福王召汧为少詹事，汧以国破君亡，臣子不当叩位，且痛宗社之丧亡，由朋党相倾，移书当世，劝以力破异同之见。既就职，陈时政七事，惓惓以化恩仇，去偏党为言，而攻之者反指为东林巨魁。旋汧以疾归。明年，南京失守。苏常相继下，汧慨然太息，作书戒二子，投虎丘新塘桥下死，郡人赴哭者数千。

又《南疆逸史》记之云：汧闻京师陷，恸几绝，雅好交游，畜声妓，至是悉屏去，独居一室。南渡起少詹事，不赴。致书在事，言："今日贤邪之辨，不可不严；异同之见，不可不化。"大兵渡江，汧谓其子曰："国事不支，吾死迫矣！"出居村舍。乙酉六月四日，闻郡城不守，夜自缢，仆救之而苏。其友朱薇曰："公大臣也，野死可乎？"汧曰："郡城非吾土也，我何家有？"闰六月十一日，自沉于虎丘之后河。语人曰："留此不屈膝不剃头之身，以见先人于地下。"一老仆随之同死，郡中赴哭者数千人。

徐汧亦完淳父执，先允彝父子而死。

杨廷枢

杨廷枢与徐汧相友善，附明史徐汧传后，记之云：廷枢闻变，走避之邓尉山中。久之，四方弄兵者群起。廷枢负重名，咸指目廷枢。清兵执廷枢，好言慰之，廷枢谩骂不已。杀之芦墟泗洲寺。首已堕，声从项中出，益厉！门人购其尸葬焉。

《南疆逸史》亦记之云：杨廷枢，字维斗，吴县人。为诸生，以气节自任。天启丙寅，逆奄矫诏，逮吏部周顺昌，廷枢倡率士民数千人谒巡抚，欲令上疏申救。巡抚不可，哭声震地，校尉呵问，即击杀之。已而，逮御史黄尊素，又至驿中，士民共出阊门，焚其舟，毁其驾帖。巡抚毛一鹭惧祸，根究乱民，杀五人以谢奄。苏人义而表其墓，所谓五人墓也。廷枢仅而得免，然亦以此知名。崇祯庚午，举应天乡试第一。乙酉，避地湖滨，浙东遥授翰林检讨，兼兵科给事中。廷枢深自韬晦，改号复庵，归隐邓尉善。丁亥四月，吴胜兆反，为之运筹者戴之隽，廷枢门人也。事败，连廷枢，被执于舟中。慨然曰："予自幼读书，慕文信国为人，今日之事，乃其志也。被缚以来，饿五日，遍体受伤，十指俱损，而胸中浩然之气，正与信国斩燕市时不异，俯仰忻然，可以无憾。"五月朔，大帅会鞫于吴江之泗洲寺，廷枢不屈。巡抚重其名，命之剃发。廷枢曰："砍头事小，剃发事大。"乃杀于寺桥。临刑，大声曰："生为大明人。"刑者急挥刃，首坠地，复曰："死为大明鬼。"监刑者为之咋舌，亟礼而殡之。

我们看杨廷枢临刑时，"生为大明人，死为大明鬼"的话，以及前所记徐汧自沉前"留此不屈膝不剃头之身，以见先人于地下"的话，都何等壮烈。夏允彝既有这样的朋友，则他有夏完淳那样的儿子，自也是意中事了。

何刚

《明史》记：何刚，字慤人，上海人。崇祯三年，举于乡，见海内大难，慨然有济世之志。与陈子龙、夏允彝等结几社于松江，广交天下豪俊。贼逼京师，陈子龙、夏允彝将联海舟达天津，备缓急，募卒二千人，令刚统之。北都陷，福王即位南京。子龙入为兵科，言防江莫如水师，更乞广行召募，委刚训练，从之。刚乃上疏言："臣请陛下，三年之内，宫室不必修，百官礼乐不必备，唯日求天下才智者决策，廉者理财，勇者御敌，爵赏无出此三者，则国富兵强，大敌可服。若以骄悍之将，驭无制之兵，空言恢复，是却行而求前也。优游岁月，润色偏安，锢豪杰于草间，迫枭雄为盗贼，是株守以待尽也。唯庙堂不以浮文取士，而以实绩课人，则真才皆为国用，而议论亦省矣。分遣使者罗草泽英豪，得才多者受上赏，则枭杰皆毕命封疆，而盗魁亦少矣。东南人满，徙之江北，或赐爵，或赎罪，则豪右皆尽力南亩，而军饷亦充矣。"时不能用。寻进本司员外郎，以其兵隶史可法，可法大喜得刚，刚亦自喜遇可法知己。马士英忌之，出刚遵义知府，可法垂涕曰："子去，吾谁仗？"刚亦泣，愿死生无相背。踰月，扬州被围，佐可法拒守，城破，投井死。

《南疆逸史》亦记其死难，而与《明史》略有不同，云：清兵逼扬州，刚因率兵入卫，史可法曰："城危矣，偕死无益也，不如出城号召援兵，以为后图。"刚叹曰："刚计之熟矣，天命已去，民心瓦解，谁复应者？刚为国家，死则死之。为知己，死则死之。濡忍而无成，非智士也。"城陷，以弓弦自缢死。

蒋平阶

《明史》记：蒋平阶，字大鸿。华亭人，工诗文，性豪俊，有古义侠风。允彝、子龙主几社坛坫，招考海内文人，见平阶大惊，亟邀入社。明亡，唐王立于闽，乃以顺治丁亥年赴闽。福建破，亡命力图起事，卒不果。乃服黄冠，假青鸟之术浮沉于世。当其赴闽也，完淳曾作《蒋生南行歌》送之。诗云："与君自别新宁邸，世事浑如翻掌异。马江潮入大王风，旗山云作真人气。我子风流世所知，南瞻天阙更驱驰。九死不回归国意，百年重见中兴时。登山临水车尘绝，海水天风恨离别。飞飞征雁五溪云，行行立马吴山月。离亭樽酒白云飞，送子终宵露满衣。哑哑乌啼飞上岸，参横斗转星河稀。"

金声

《明史》记：金声，字正希，安徽休宁人。崇祯进士，选庶吉士，迁山东道御史，告归。隆武帝立，授左佥都御史，兼兵部侍郎。巡抚池州、徽州等处。声纠合义勇十万人，驻徽抗清，兵败，被执不屈死。

夏完淳有挽金司马声诗云："司马盛才气，豪爽不可轻。翩翩云中龙，渺忽谁能驯。牙旗风萧萧，痛哭惊鬼神。轻生贵任侠，英英殊逼人。功名尽一剑，壮志苦不伸。纵横一世间，卓荦谁比伦。"

从以上所搜集的一些人物的记载，一方面当然可看到他们的忠义的气节与夏完淳相互的影响，另一方面也使我们看到晚明知识阶级的民族意识之强烈。虽然这些人物都是成仁而未成功的，但只要有此成仁的精神存在，则我们的民族复兴就必有成功之一日。夏完淳在《寄荆隐女兄兼武功侯甥》一诗中，有两句说："大仇俱未报，赖尔后生贤。"他们留给我们的不是不朽的功业，而是不死的精神。

三、 夏完淳的时代背景

从前面两章中，我们已经知道了夏完淳的生平，以及他和家庭师友的种种关系，现在我们为了更进一步来了解他，我们不能不注意到所以能产生这样一位青年民族英雄的时代背景。疾风知劲草，板荡识忠臣。同样一个人，生在这一时代也许是默默无闻以终天年的凡夫，而生在另一时代却成为轰轰烈烈顶天立地的英雄。我们当感谢这疾风与板荡的考验，使我们能认识劲健与忠贞的可贵；我们更当胜过这疾风与板荡的考验，使我们能表现出劲健与忠贞的可贵。夏完淳是生在一个艰苦危亡的时代，但也正因此才造就了他伟大不朽的人格。现在我们就把夏完淳的时代背景来分析一下，我们先从明代衰亡的原因说到流寇的骚乱，再说到异族的侵据与忠贞之士的起义抗敌。

（一）明代衰亡的原因

明代的灭亡，大家都知道是亡于暴动，但是"物必先腐也而后虫生之"。暴动绝不是一朝一夕发生的，也不是毫无原因就会发生的。致其发生的原因，大别可以分为经济的与政治的两方面。

从经济上的原因说起来，主要的一点是农村生活的崩溃。明代自太祖以民族主义为号召，建立起明代的一统政治，恢复了汉族的地位，这是历史上一大盛事，自不待言。

但是大明统一之后，随即大封宗室，产生了一个特殊阶级，而对于造成社会变乱的私有田制，却毫无改革计划。在明初，当局虽不能改革私有田制，但尚能广设屯田来安插变乱时代多数流离失所的农民。其后屯田废弛，上下交困，于是统治渐呈动摇。《明史·食货志》一序"……又开屯田、中盐以给边军，馈饷不仰藉于县官，故上下交足，军民胥裕。其后，屯田坏于豪强之兼并，计臣变盐法。于是边兵悉仰食太仓，转输往往不给。"《续文献通考·田赋考·屯田》亦云：屯田乃足食足兵之要道。而通商中盐，则又所以维持屯田于不坏者也。洪永（按系太祖年号洪武及成祖年号永乐）间纯任此法，所以边围富强，不烦转运，而蠲租之诏无岁无之。后来屯田盐法渐非其旧，而边饷不足，军民俱困矣。由此可见，屯田盐法之坏，实为明代由盛转衰之关键。

而此外明代租税之重，也是加速农村生活崩溃的原因。顾炎武《日知录》卷十云："……愚历观往古，自有田税以来，未有若是之重者也。以农夫蚕妇，冻而织，馁而耕，供税不足，则卖儿鬻女，又不足，然后不得已而逃，以至田地荒芜，钱粮年年拖欠。……"又云："吴中之民有田者什一，为人佃作者什九。其亩甚窄，而凡沟渠道路，皆并其税于田之中。……佃人竭一岁之力，粪壅工作。一亩之费可一缗，而收成之日，所得不过数斗。至有今日完租而明日乞贷者。"由吴中一地观之，可想见其余矣。然而这还不过只讲到田赋与田租之高度，至于征取的方法之扰民，则更有令人惊讶者。官府向人民取田赋，不免扰民。普通地主向佃农取田租，也不免扰民。但扰民最厉害的，要算皇室、勋戚、中官等庄田之管庄人员。《明史·食货志一·田制》云："弘治二年，户部尚书李敏等以灾异上言：畿内皇庄有五，共地万二千八百余顷。勋戚、中官庄田三百三十有二，共地三万三千余顷。管庄官校招集群小，称庄头、伴当，占地土，敛财物，污妇女。稍与分辩，辄被诬奏。官校执缚，举家惊惶，民心伤痛入骨，灾异所由生。……神宗赉予过侈，求无不获。……王府官及诸阉丈地征税，旁午于道，扈养厮役廪食以万计，渔敛惨毒不忍闻。驾帖捕民，格杀庄佃，所在骚然。……熹宗时，桂、惠、瑞三王及遂平、宁德二公主，庄田动以万计，而魏忠贤一门，横赐尤甚。盖中叶以后，庄田侵夺民业，与国相终云。"

除田租以外，商税与矿税的征收，也尽苛细搜刮之极。《明史·食货志五·商税》云：关市之征，……明初务简约，其后增置渐多，行赍居鬻，所过所止各有税。其名物件析榜于官署，按而征之，唯农具、书籍及他不鬻于市者勿算。应征而藏匿者没其半。买卖田宅头匹必投税，契本别纳纸价。凡纳税地，置店历，书所止商氏名物数。官司有都税，有宣课，有司，有局，有分司，有抽分场局，有河泊所。所收税课，有本色，有折色。税课司局，京城诸门及各府州县市集多有之，凡四百余所。《续文献通考·征榷考》序又记矿税之收云："神宗之季，遂议开矿榷税。于是所致搜刮，日增岁溢，上取一，下取二；官取一，群奸人取二。利则归下，怨则归上。所谓利之所在，害即随之者也。"所以结果酿成万历时代绝大的矿税风潮。赵翼《廿二史札记》论万历时矿税之害云：是时，廷臣章疏悉不省，而诸税监有所奏，朝上夕报可，所劾无不曲护之。以故诸税监益骄，所至肆虐，民不聊生，随时激变。迨帝崩，始用遗诏罢之。而毒痛已遍天下矣。论者谓明之亡，不亡于崇祯，亡于万历云。

明代自万历以来，社会既已动摇，于是内忧外患相逼而至，政府乃不得不于各种赋税之外，复加兵饷之增收。其名目凡有三种：一曰辽饷，这是因为辽东方面蛮族内犯，连年用兵所增的饷。二曰剿饷，这是因为民乱暴发，政府为要剿贼所增的饷。三曰练饷，这是为着增练民兵所增的饷。《续文献通考·田赋考二》说：盖自神宗末，增赋五百二十万。崇祯初再增百四十万，总名辽饷。至是（崇祯十二年）复增剿饷、练饷，先后增赋千六百七十万，民不聊生，益起为盗矣。于是御史卫周嗣言："……剿练之饷多至七百万，民怨何极？"御史郝晋亦言："万历末年，合九边饷止二百八十万。今加派辽饷至九百万！剿饷三百三十万业已停止，旋加练饷七百三十余万！自古有一年而括二千万以输京师，又括京师二千万以输边者乎？"疏言虽切，而时事危急，不能从也。……至十四年，懋第督催漕运，驰疏言："臣有事河干一载，每进父老问疾苦，皆言练饷之害。三年来，农怨于野，商叹于途。如此重派，所练何兵？兵在何所？奈何使众心瓦解一至此极乎？"一个国家，已经到了农怨于野，商叹于途，众心瓦解的地步，如何能不发生变乱？所以明朝的灭亡，自有其经济上的原因。

然后我们再来看一看，明朝乱亡的另一方面政治的原因：明太祖初定天下，即大封宗室，其后日久，而弊日甚，遂造成皇族扰民之风。举其流弊之大端，可以分为三项。一则直接扰害人民：以贵族之尊，居于各地，仗其权势，侵夺人民田宅子女等事，所在皆是。二则妨碍官府行政：贵族虽不能直接管理地方行政，然以其地位之尊要挟地方官员，地方官员亦莫敢抗拒。三则加重人民负担：贵族全不从事于生产，其食用概取自庄田的田租，无庄田者，则仰给于人民的赋税。为时既久，人数日多，遂感供不应求。赵翼《廿二史札记》明分封宗藩之制，记之曰："……一在以王府之尊而居于外郡，则势力足以病民。一在支庶繁衍，皆仰给县官，不使之出仕及别营生理，以是宗藩既困而国力亦不支。"又举例言："又如伊王世子典楧，多持官吏短长，不如旨，必构之使去。至御史行部不敢入城。楧要而答之。官吏往来，率纡道疾过。犹使人追入，责以不朝。朝者亦辱以非礼。宫墙坏，奏请修筑，则夺附近民居以广其宫。……嘉靖中，御史林润言：'天下财富岁供京师米四百万石，而各藩禄米至八百五十三万石！即无灾伤蠲免，亦不足供禄米之半。年复一年，将何以支？'此可见国家养给各藩之竭蹶。……坐弊如此，靳学颜所谓'唐宋宗亲或通名仕版，或散处民间，我朝分封列爵，不农不仕，吸民膏髓'是也。"

而另一方面，由于中枢之腐化，又养成了阉宦之党权。明代初期，自成祖以前，对阉宦的管束原是很严的：不许读书识字，不许语及政治，不许有文武官衔，不许着外臣官服，一切食用都有严格的限制。迄明成祖棣，因其初为燕王时，师逼江北，内臣多逃入其军，以报京中虚实。故即帝位后，即常以宦官居要职，如郑和之出使外洋，马麟之出镇交趾，皆最显之例证。及至神宗，怠于政事，廷臣乃渐立门户，互相倾轧，既而梃击、红丸、移宫三案起，于是有东林与非东林之争讼。及魏忠贤得熹宗之宠，其党乃多附之，以倾东林，忠贤得此，势力坐大。《明史·魏忠贤传》记其得势之由曰："魏忠贤，肃宁人。少无赖，与群恶少搏，不胜，为所苦，恚而自宫，变姓名曰李进忠。其后乃复姓，赐名忠贤云。忠贤自万历中选入宫，隶太监孙暹，夤缘入甲字库。又求为皇长孙母王才人典膳，谄事魏朝。朝数称忠贤于安，安亦善遇之。长孙乳媪曰客氏，素私侍朝，所谓对食者也。及忠贤入，又通焉。客氏遂薄朝而爱忠贤，两人深相结。光宗崩，长孙嗣立，是为熹宗。忠贤、客氏并有宠。未逾月，封客氏奉圣夫人，荫其子侯国兴、弟客光先及忠贤兄钊俱锦衣千户。忠贤寻自惜薪司迁司礼秉笔太监，兼提督宝和三殿。忠贤不识字，例不当入司礼，以客氏故得之。天启元年，诏赐客氏香火田，叙忠贤治皇祖陵功。……忠贤不知书，颇强记，猜忍、阴毒、好谀，帝深信任此两人。两人势益张，用司礼监王体乾及李永贞、石元雅、涂文辅等为羽翼，宫中人莫敢忤。……忠贤乃劝帝选武阉、炼火器，为内操，密结大学士沈㴶为援。又日引帝为倡优声妓、狗马射猎。"《廿二史札记》亦记之曰："忠贤窃权，而三案被劾，察典被谪诸人，欲借其力以倾正人，遂群起附之。文臣则崔呈秀、田吉、吴淳夫、李龙、倪文焕，号五虎。武臣则田尔耕、许显龙、孙云鹤、杨寰、崔应元，号五彪。又尚书周应秋、卿寺曹钦程等号十狗。又有十孩儿、四十孙之号，自内部六部，至四方督抚，无非逆党。骎骎乎可底篡弑之祸矣。"又记魏阉生祠甚详，有谓：每一祠之费，多者数十万，少者数万，剥民财，侵公帑，伐树木无算。开封之建祠，毁民舍二千余间。创宫殿九楹，仪如帝者。这种近似疯狂的崇拜阉宦，是史上绝无仅有的。

中央政府既落在这一班依附阉宦而得势的官僚手里，则中枢的腐败，可以说是到了极点。而同时因了中枢政治之腐化，于是全国吏治乃亦随之而腐化。吏治不修，乡绅横暴，农民乃普遍受其荼毒。赵翼之言曰：前明一代风气，不特地方有司私派横征，民不堪命；而缙绅居乡者，亦多倚势恃强，视细民为弱肉。上下相护，民无所控诉也。人民既无所诉其苦，于是乃纷起为乱，以致造成流贼之乱终亡其国，这自是必然的结果。

（二）李自成与张献忠

由于前一节所说的经济的和政治的种种原因，明代乃渐趋于衰乱，自永乐初以迄于崇祯的两百年间，几乎没有一个时期没有暴动。在统治阶级还能勉强维持的时候，还看不出暴动的严重，而一旦统治势力不能自持，则自然而然便形成极严重的大暴动。加之以崇祯初年陕西各地的大饥荒和因为军饷缺乏所激成的兵变，都成为这一次大暴动的导火线。《明史·流贼列传·李自成传》记载："天启末，魏忠贤党乔应甲为陕西巡抚，朱童蒙为延绥巡抚，贪黩不诘盗，盗由是始。崇祯元年，陕西大饥，延绥缺饷，固原兵劫州库。白水贼王二，府谷贼王嘉胤，宜州贼王左挂、飞山虎、大红狼等一时并起。有安塞马贼高迎祥者，自成舅也，与饥民王大梁聚众应之。迎祥自称闯王。大梁自称大梁王。二年，……会京师戒严，山西巡抚耿如杞勤王兵哗而西，延绥总兵吴自勉、甘肃巡抚梅之焕勤王兵亦溃，与群盗合。……三年，王左挂、王子顺、苗美等战屡败，乞降。而王嘉胤掠延安、庆阳间。杨鹤抚之，不听，从神木渡河，犯山西。是时，秦地所征曰新饷，曰均输，曰间架，其目日增，吏因缘为奸，民大困。以给事中刘懋议裁驿站，山陕游民仰驿糈者，无所得食，俱从贼，贼转盛。兵部郎中李继贞奏曰：'延民饥，将尽为盗，请以帑金十万赈之。'帝不听。而嘉胤已袭破皇甫川、清水、木瓜三堡，陷府谷、河曲。又有神一元、不沾泥、可天飞、郝临庵、红军友、点灯子、李老柴、混天猴、独行狼诸贼，所在蜂起。或掠秦，或东入晋，屠陷城堡。官兵东西奔击，贼或降或死，旋灭旋炽。延安贼张献忠亦聚众据十八寨，称八大王，四年，孤山副将曹文诏破贼河曲，王嘉胤遁去，已，复自岳阳突犯泽潞，为左右所杀。其党共推王自用号紫金梁者为魁。自用结群贼老回回、曹操、八金刚、扫地王、射塌天、阎正虎、满天星、破甲锥、邢红狼、上天龙、蝎子块、过天星、混世王等，及迎祥、献忠共三十六营，众二十余万，聚山西。自成乃与兄子过往从迎祥，与献忠等合，号闯将。"从这一段记载看，可知首先发难的人为饥民，为叛兵，为驿卒。换句话说都是经济、政治及天灾压迫之下的失业农民。其首领之较著名，且被后来人所常谈及者为高迎祥，称闯王；李自成、张献忠，称闯将。然而高迎祥于崇祯九年秋七月即被擒，献俘阙下，磔死。其后自成遂自称闯王，而领导一众作长久战的实为李自成与张献忠。《明史·流贼列传》记述李自成的出身谓："李自成，米脂人，世居怀远堡李继迁寨。父守忠，无子，祷于华山，梦神告曰：以破军星为若子。已生自成，幼牧羊于邑大姓艾氏。及长，充银川驿卒。善骑射，斗狠无赖，数犯法，知县晏子宾捕之，将置诸死，脱去为屠。"又记张献忠的出身谓："张献忠者，延安卫柳树涧人也。与李自成同岁生。长，隶延绥镇为军。犯法当斩。主将陈洪范奇其状貌，为请于总兵官王威，释之，乃逃去。崇祯三年，陕西贼大起，王嘉胤据府谷，陷河曲，献忠以米脂十八寨应之，自号八大王。"起初，他们的势力还只限于中国的西北部。迄崇祯八年正月，大会于荥阳，遂议决进取，从此冲出了西北的范围。自崇祯九年后，李自成与张献忠因为争夺陷凤阳皇陵时所得的一个善鼓吹的皇陵监小阉，而开始分裂，这次分裂以后，李自成与张献忠的活动乃显然分为两大区域，李在黄河流域，张在长江流域。

崇祯十七年，李自成自山西攻陷居庸关，进逼京师，这时是李自成势力最盛的时代，有众百万：步兵四十万人，马兵六十万人。是年三月，攻克北京，崇祯皇帝被逼，自缢死于煤山，大明帝国的统治至是乃完全瓦解。当时的情形极为惨痛。《明史》记之云："始，贼欲侦京师虚实，往往阴遣人辇重货，贾贩都市；又令充部院诸掾吏，探刺机密。朝廷有谋议，数千里立驰报。及抵昌平，兵部发骑探贼，贼辄勾之降，无一还者。贼游骑至平则门，京师犹不知也。十七日，帝召问，群臣莫对，有泣者。俄顷，贼环攻九门，门外先设三大营，悉降贼。京师久乏饷，乘陴者少，益以内侍，内侍专守城事，百司不敢问。十八日，贼攻益急。自成驻彰义门外，遣降贼太监杜勋缒入见帝，求禅位。帝怒，叱之，下诏亲征。日暝，太监曹化淳启彰义门，贼尽入。帝出宫，登煤山，望烽火彻天，叹息曰：'苦我民耳。'徘徊久之，归乾清宫。令送太子及永王、定王于戚臣周奎、田弘遇第。剑击长公主，趣皇后自尽。十九日丁未，天未明，皇城不守。鸣钟集百官，无至者。乃复登煤山，书衣襟为遗诏，以帛自缢于山亭，帝遂崩。太监王承恩缢于侧。自成毡笠缥衣，乘乌驳马，入承天门。伪丞相牛金星，尚书宋企郊、喻上猷，侍郎黎志升、张嶙然等骑而从。登皇极殿，据御座，下令大索帝后，期百官三日朝见。文臣自范景文、勋戚自刘文炳以下，殉节者四十余人。宫女魏氏投河，从者二百余人。象房象皆哀吼流泪。太子投周奎家，不得入，二王亦不能匿，先后拥至，皆不屈，自成羁之宫中。长公主绝而复苏，舁至，令贼刘宗敏疗治。已，乃知帝后崩，自成命以宫扉载出，盛柳棺，置东华门外。百姓过者皆掩泣。越三日己酉，昧爽，成国公朱纯臣、大学士魏藻德率文武百官入贺，皆素服坐殿前。自成不出，群贼争戏侮，为椎背、脱帽，或举足加颈相笑乐，百官慑伏不敢动。太监王德化叱诸臣曰：国亡君丧，若曹不思殡先帝，乃在此耶？因哭。内侍数十人皆哭，藻德等亦哭。"《明史》又记："……其余勋戚、文武诸臣奎、纯臣、演、藻德等共八百余人，送宗敏等营中，拷掠责赇掠，至灼肉折胫，备诸惨毒。藻德遇马世奇家人，泣曰：'吾不能为若主，今求死不得。'贼又编排甲，令五家养一贼，大纵淫掠，民不胜毒，缢死相望。"

当时，山海关总兵为吴三桂。李自成于攻陷京师时，曾劫吴三桂之父吴襄，迫其致书三桂劝降。三桂本有降李之意，而后闻爱姬陈沅为李自成部下所房，乃开关延敌，勾结满洲兵入关戡乱。于是，明末之战乱，乃由阶级斗争一变而成了种族的战争了。

李自成闻满洲兵入关，乃复回西安称帝。清顺治二年二月，弃西安而逃，入湖北襄阳至武昌，转湖南至岳州。最后终于敌不过清兵之追击，在湖南之黔阳，为村民所杀，献首于川湘总督何腾蛟。其侄李过结草为首葬之罗公山下。张献忠则于清顺治三年，为满洲兵所逼，死于四川之凤凰坡。

（三）异族之侵据与忠贞之士起义抗敌

满洲兵原来就是明朝边疆的大患，又适值明室朝野腐败，社会暴动，原来就是侵略的好机会，而现在又加之以吴三桂之开关求助，于是满兵就顺利地进了山海关。李自成逃往西安，满兵遂于甲申（1644年）五月二日占据了北京。清世祖乃自沈阳迁都去北京，于十月一日布告君临中国。当时世祖福临年仅六龄，其叔父多尔衮于入关之役居首功，至是乃自号为皇叔父摄政王。朝野上下，知有多尔衮，不知有福临也。当多尔衮入关之初，原曾用汉人降臣洪承畴、范文程等的"不戮降人，不焚庐舍"的建议，但异族毕竟是异族，凡旗兵所过之处，无不屠杀极惨，又肆意圈占居民田庐以为己业。多尔衮更借口清厘无主荒山庄田，谕令户部，将近京州县田地分给诸王勋臣兵丁人等，而各省驻防兵士之圈占民屋者，且令被逐之屋主代为修葺。又自以族小人寡，初入中原，恐明军降者或者乘机反正，乃欲以剃发一事测验人心之顺逆，遂严颁剃发之令。先于顺治元年（明崇祯十七年）四月开始颁布剃发令曰：今本朝定鼎燕京，天下罹难军民，皆吾赤子，出之水火而安全之，各处城堡，着遣人持檄招抚。檄文到日，剃发归顺者，地方官各升一级，军民免其迁徙，其为首文武官员，即将钱粮册籍兵马数目亲赍来京相见。有虽称归顺而不剃发者，是有狐疑观望之意。宜核地方远近，定为限期，届期至京，着量加恩。如过限不至，显属抗拒，定行问罪，发兵征剿。二年六月，又谕礼部云：……今中外一家，君犹父也，民犹子也，父子一体，岂可违异？若不画一，终属二心，不几为异国之人乎？此事无俟朕言，想天下臣民亦必自知也。自今布告之后，京城内外限旬日，直隶各省地方自部文到日亦限旬日，尽令剃发。遵依者为我国之民；迟疑者同逆党之寇，必置重罪。若规避惜发，巧辞争辩，决不轻贷。该地方文武各官皆当严行察验。若有复为此事渎进章奏，欲将已定地方人民仍存明制，不随本朝制度者，杀无赦。其衣帽装束许从容更易，悉从本朝制度，不得违异。该部即行传谕京城内外，并直隶各省府、州、县、卫所、城堡等处，俾文武衙门官吏师生一应军民人等一体遵行。而其檄下各县，更有"留头不留发，留发不留头"之语。以素日蓄发之汉人，忽令效法满人而剃发，其精神上所受之刺激当然很深。于是一些"不忍上国衣冠沦于夷狄"的有志之士，乃纷起义师，以图抗拒，遂掀起了一片抗敌的热潮。

先是，崇祯十七年四月，庄烈皇帝凶问至南京，南京本为陪都，设有宗人府以下六部衙门，诸大臣闻此消息，以国家不可一日无君，乃议立帝。当时凤阳总督马士英及魏忠贤旧党阮大铖等，乃密谋立福王。以福王昏庸，便于操纵也。福王既立，以史可法为首辅，可法原拟召天下名流，以收人心，共图大事，而马士英以拥立功，骄纵专权，乃出可法于扬州为督师，而士英遂为首辅。文武离心，内外解体。可法疲于奔命，而国事日裂。顺治二年（1645 年）四月十八日，清兵逼扬州，招谕史可法劝其降，可法不允。清军乃以大兵围攻，二十五日克扬州。可法以身殉。而清军入城后乃大肆屠杀，其悲惨情形可于《扬州十日记》见之。五月十日又陷南京，福王率马士英等逃奔太平。而南京既陷，民族拒满运动之重心，乃不得不更向南移。鲁王以海乃于顺治二年六月称监国于绍兴，而唐王聿键亦于同年闰六月称帝于福州。在另一方面则清兵南下时屠戮极惨，男丁被诛戮，妇女被毁节者，难可悉数，更加以剃发易服令之颁布，于是民族情绪高涨，东南各省起而抗清者，所在皆是。夏完淳就是在这种时代背景中，产生的民族义士。

稻叶君山《清朝全史》第二十六章，记载东南各省起义之情形云：……睿亲王再宣布剃发易服之敕令，在汉人以为根底上之受污辱。民心动乱，到处皆然。起于江苏南半省之恢复运动，皆由此问题而发生者也。给事中陈子龙，吏部主事夏允彝等起兵于松江；兵部主事吴易，举人孙兆奎起兵吴江；行人卢象观则奉宗室之子瑞昌王起兵宜兴；中书葛麟、主事王期升奉宗室之子通成王起兵太湖；主事荆本彻、员外郎沈廷扬起兵崇明岛；副总兵王佐才起兵昆山；典史阁应元、陈明选起兵江阴；佥都御史金声与邱祖德、尹民兴、吴应箕起兵徽州宁国。并通表福州之唐王，遥受其拜除，或近受鲁监国之节制。江西省同时亦起义兵：据建昌者为益王，据抚州者为永宁王，据赣州者为兵部侍郎杨廷麟。彼等各招五岭之峒蛮数万人，到处抗拒清兵。

魏源《圣武记·开国龙兴记》，亦记载东南各省起义情形云：是时剃发令下，苏州巡抚王国宝、松江提督吴兆胜、吴淞总兵李成栋，皆以降将乘势骚虐。于是明故给事中陈子龙、故总督沈犹龙、故吏部主事夏允彝，约水师总兵黄蜚、吴志葵起兵。松江兵部主事吴易、举人孙兆奎起兵吴江。行人卢象观（象升弟）奉宗室子瑞昌王盛沥起兵宜兴。中书葛麟及主事王期升奉宗室子通城王盛澂起兵太湖。主事荆本彻、员外郎沈廷扬起兵崇明，副总兵王佐才起兵昆山，通政使侯峒曾、进士黄淳耀起兵嘉定，吏部尚书徐石麒、平湖总兵陈梧等起兵嘉兴。典史阁应元、陈明选起兵江阴，佥都御史金声偕邱祖德、尹民兴、吴应箕起兵徽州宁国，并通表唐王，遥受其拜除；或近受监国鲁王节制。揭竿裂裳十余万，是为上下江士民之师。

从上面两段记载来看，我们可以看出东南各省起义抗敌者极众，民族情绪之热烈跃然纸上。在国破家亡的悲愤中，在异族蹂躏的铁蹄下，凡有血气的爱国志士，必定会起来团结抗战，将自己的血和肉献给国家民族，这原是我国传统的民族精神。所以明朝的衰败灭亡极为悲惨，而明朝的挣扎奋斗也最为壮烈。夏完淳生长在这种时代环境中，他眼见周围的一些人：他的父亲、他的亲族、他的师友的抗敌牺牲，他更眼见祖国同胞在异族蹂躏下所受的屠杀劫掠，于是在这青年心中，生发起一片极强烈的民族意识与爱国思想，他终于为国家民族交付出他的生命而壮烈殉节了。造成这一位青年民族义士的时代背景，是不容我们忽略的。

四、 夏完淳的作品中所表现的人格

《周易·乾·文言》说："修辞立其诚。"《诗》序说："诗者，志之所之。"一个真正的诗人，他的作品必是他真实的思想感情的流露，所以我们要想真正了解一篇作品，必须先认清作者的人格。反过来说，我们要想知道一个人的人格，也必要从他的作品中去体认。历史上有很多不朽的作品，其所以能成为不朽的缘故，还不仅在他词句上所表现的文艺的价值，而更着重在他作品中所充溢的生命的价值。而他的人格就正是他充溢在作品中的生命的实践。我们看一看诸葛武侯的《出师表》，文信国公的《正气歌》，岳武穆的《满江红》，在千百年后的今日，我们读他们的作品的时候，仍然为这些作者的鞠躬尽瘁、正义凛然、壮怀激烈的精神所感动。我们从这些不朽的作品中所体认的，不只是优美的文辞，而且是丰富的生命，是不朽的人格。夏完淳仅有短短十七岁的生命，所以正史中对他的生平记载语焉不详。我们要想真正认识夏完淳的不朽的人格，除了收集他生平的史迹外，更当从他的作品中去体认。

夏完淳的作品得睹于今日，要以清吴省兰所辑《艺海珠尘》中集部别集类的《夏内史集》辑录得比较完备，此集共九卷，内容是：

卷一　大哀赋

卷二　赋九首　骚九首

卷三　五古三十三首

卷四　七古二十一首

卷五　五律五十六首

卷六　七律六十三首

卷七　七绝五十四首

卷八　词二十八首

卷九　杂文、檄论、书、问五篇

《艺海珠尘》是清朝乾隆年间编辑的。清朝自康雍以来即曾为文字屡兴大狱，至乾隆之世诛求益深。则《艺海珠尘》收录完淳的作品时，其有关种族思想的作品，恐怕有许多都曾被删除，所以完淳的作品散失极多，这是极大的损失。至于前人对完淳作品的批评，于其天资才气，无不备至赞扬。朱彝尊《静志居诗话》谓："……其《大哀》一赋，足敌兰成。……方之古人，殆难其匹。"汪允庄《女史》论其诗说："节愍诗出黄门，天资特秀。古体窥汉魏初唐堂奥，五七言律，高华沉郁兼擅其长。……"以十七岁的年龄，而在文学上有这样的成就，真是难能可贵，无怪乎《明史》稿说他"生有异禀"了。但我们觉得夏完淳作品的真正价值远不在其所表现的不凡的天才，而更在其所表现的不朽的人格。在夏完淳的作品中我们找不出一点虚伪造作的痕迹，每句每篇都是生命血泪的结晶，炽热的心肠、纯洁的品性、堂堂正正的生、磊磊落落的死，这绝非一般满心利欲而满口风月的骚人墨客所可仰及万一的。天才的诗人固然不可多得，而更难得的是这位天才诗人夏完淳所具有的完美的人格。现在就让我们从夏完淳的作品中来看一看他的完美的人格。

（一）对国与家的忠孝

忠孝原为我国固有的民族道德"八德"之首，是做人立身的基本条件。但"贪生恶死"也原是人之常情，所以"死亡"常常会成为我们做人立身的最大考验，因此忠与孝尽管是我们做人立身的基础，但能把忠与孝的精神发挥到极点而继之以死的却并不容易做到。古人讲忠字，推到极点，便是一死。至于说到孝，《礼·祭义》云："不辱其身，不羞其亲，可谓孝矣。"太史公也有"太上不辱先"的话，所以孝的最高理想还不只是"能养"，而更重要的一点却是"不辱"。夏完淳的父亲夏允彝是殉节而死的义士，所以从"不辱其先"的一点说起来，则夏完淳的殉节不屈正是即忠即孝。古语说"求忠臣于孝子之门"，以为无论忠无论孝都是源于最纯挚的爱，而其最高理想则是不屈不辱，甚至牺牲生命亦在所不惜。唯其是殉节不屈的忠臣，所以才配称作不辱其先的孝子；也唯其是不辱其先的孝子，所以才能称作殉节不屈的忠臣。为了完成这忠与孝的最高理想，夏完淳不惜牺牲自己的生命，撇离了他年老的母亲与年轻的妻子而殉节死难了，其间的取舍去留，有着多么大的悲哀，多么大的毅力，更有着多么大的智慧。这不但是忠与孝的实践，而且是生与死的抉择。鱼与熊掌不可兼得，人世间一切事情都是如此，没有牺牲就没有获得。夏完淳深深明白这个道理，他知道只有舍生才能取义，只有尽忠才能全孝，所以他终于毅然就死了。我们来看一看他在狱中所作的《土室余论》，他说：

> 淳之生也，十有七年。昊天不吊，宇宙祸盈，生之不辰，非我先后。先文忠投渊殉节，便尔无家，湖海飘零，于今三载。风胼霜胝，捉襟短衣，备人世之艰辛，极君亲之冤酷。穷途歧路，断梗飞蓬。日既如流，天犹共戴。呜呼，淳固知生不如死久矣。特以国难家仇，未能图报，忠臣孝子，自当笑人，故饮恨吞声，苟全性命。湖中之起，身在行间。不忘丧元，独当一面。江东岭表，日月双悬。先文忠为国死，淳也为国生。于是七尺受一命之荣，九重蒙三锡之典，恨不灭此朝食，下报幽冥。噫，以淳拜命蜡丸，执戈幕府，成仁一死，抑亦何言。呜呼！家仇未报，臣功未成。赍志重泉，流恨

千古。今生已矣，来世为期。万岁千秋，不销毅魄。九天八表，永厉英魂。先文忠得为皇明臣，淳也得为先文忠子。吞声归冥，含笑入地。呜呼，淳今死矣，抑又何言？

从这篇文章来看，夏完淳的生是为忠孝而生，死也是为忠孝而死。他一直怀抱着忠臣孝子的理想，未曾顾及个人的生命。所以当国难家仇未报的时候，他便饮恨吞声苟全性命，参加了太湖起义，抱着拼死的决心，作独当一面的抗战。他说"先文忠为国死，淳也为国生"，他的生是堂堂正正的生。及至抗敌失败，家仇未报，臣功未成，杀身在即，他又说"先文忠得为皇明臣，淳也得为先文忠子，吞声归冥，含笑入地"，他的死也是磊磊落落的死。忠与孝的理想，使他有抗敌的勇气，使他有殉节的决心。但是他毕竟是人，除了自己的生命以外，世间仍有他所爱的亲人，我们再来看一看他给母亲与妻子的遗书。他在《狱中上母书》说：

不孝完淳，今日死矣。以身殉父，不得以身报母矣。痛自严君见背，两易春秋，冤酷日深，艰辛历尽，本图复见天日，以报大仇，恤死荣生，告成

黄土，岂意天不佑我，钟虐明朝，一旅才兴，便成
齑粉。去年之举，淳已自分必死，谁知不死，死于
今日也。斤斤延此二年之命，菽水之养，无一日
焉。致慈君托迹于空门，生母寄生于别姓，一门漂
泊，生不得相依，死不得相问。淳今日又溘然先从
九京，不孝之罪上通于天。呜呼！双慈在堂，下有
妹女，门祚衰薄，终鲜兄弟，淳死不足惜，哀哀八
口，何以为生！虽然已矣，淳之身，父之所遗；淳
之身，君之所用，为父为君，死亦何负于双慈！但
慈君推干就湿，教礼教诗，十五年如一日，嫡母慈
惠，千古所难，大恩未酬，令人痛绝！慈君托之义
融女兄，生母托之昭南女弟；淳死之后，新妇遗腹
得雄，便以为家门之幸，如其不然，万勿置后。会
稽大望，至今而零极矣。节义文章，如我父子者几
人哉！立一不肖后，如西铭先生，为人所诟笑，何
如不立之为愈耶。呜呼！大造茫茫，总归无后。
有一日中兴再造，则庙食千秋，岂止麦饭豚蹄，不
为馁鬼而已哉！若有妄言立后者，淳且与先文忠
在冥冥诛殛顽嚣！决不敢舍。兵戈天地，淳死后，
乱且未有定期，双慈善保玉体，无以淳为念。二十

年后，淳且与先文忠为出塞之举矣！勿悲！勿
悲！相托之言，慎勿相负。武功甥将来大器，家事
尽以委之。寒食盂兰，一杯清酒，一盏寒灯，不致
为若敖氏鬼，则吾愿毕矣。新妇结褵二年，贤孝素
着。武功甥好为我善待之，亦武功渭阳情也。语
无伦次，将死言善，痛哉！痛哉！人生孰无死，贵
得死所耳。父得为忠臣，子得为孝子；含笑归太
虚，了我分内事。大道本无生，视身若敝屣。但为
气所激，缘悟天人理。恶梦十七年，报仇在来世！
神逝天地间，可以无愧矣。

《遗夫人书》说：

三月结褵，便遭大变，而累淑女，相依外家；
未尝以家门盛衰，微见颜色。虽德曜齐眉，未可相
喻。贤淑和孝，千古所难。不幸至今，吾又不得不
死，夫人又不得不生。上有双慈，下有一女，则上
养下育，托之谁乎？虽相劝以生，复何聊赖？燕田
废地，已委之蔓草荒烟；同气连枝，原等于隔肤行
路。青年丧偶，才及二九之期；沧海横流，又丁百

六之会。茕茕一生，生理尽矣。呜呼！言至此，肝肠寸寸断，执笔心酸，对纸泪滴，欲书则一字俱无，欲言则万般难吐。吾死矣！吾死矣！方寸已乱，平生为他人指划了了，今日为夫人一思究竟，如乱丝积麻，身后之事一听裁断，我不能道一语也。停笔欲绝！去年江东储嗣诞生，各官封典俱有，我不曾得，夫人，夫人，汝亦先朝命妇也。吾累汝，吾误汝！复何言哉！呜呼！见此纸，如见吾也。

这两封信，写得真是悲哀极了。我们看他在狱中上母书中说"以身殉父，不得以身报母矣"，又说"菽水之养，无一日焉。……不孝之罪，上通于天"。以做儿子的来给母亲写这种绝笔书，他自己当然要自称为不孝，其实我们看他母亲既然是一位能够"教礼教诗，十五年如一日"的妇女，则从他母亲一方面来说，倒该宁愿他殉节死义，而不愿他腼颜降敌。而夏完淳也知道从孝的理想来看，"不辱"是比"能养"更其重要的，所以他说"为父殉君，死亦何负于双慈"。而且在这封信的结尾，毅然决然更说出了"人生孰无死，贵得死所耳。父得为忠臣，子得为孝子。含笑归太虚，了我分内事"的话，真是何等有识见，何等有决断。至于

《遗夫人书》，则真是一片深情，哀痛欲绝。但虽在极悲哀的感情下，他对生死的抉择仍然有着毅然的决断。佛家说大悲，又说大雄。大悲是极深厚的感情，大雄是极决澈的智慧。只有有极深厚的感情的人，才能有极决澈的智慧。如夏完淳者，真可以说是大雄了。而这大雄的决澈的智慧，却是源于对忠与孝的理想。我们再看他《拜辞家恭人》一诗：

> 孤儿哭无泪，山鬼日为邻。古道麻衣客，空堂白发亲。循陔犹有梦，负米竟谁人？忠孝家门事，何须问此身。

及《寄内》一诗：

> 忆昔结褵日，正当捩甲时。门楣齐阀阅，花烛夹旌旗。问寝谈忠孝，同胞学唱随。九原应待汝，珍重腹中儿。

处处时时不忘忠孝，而且为了对忠与孝的理想的实践，处处时时抱有必死的决心，所以终于完成了他伟大不朽的人格而殉节死义了。

（二）对朋友的诚挚

人与人之间的友谊的形成，有两种因素，其一是事务上的关系，其二是心志上的契合。然而事务上的关联又可分为两种，一种是以利合，一种是以义合，以利合者是利尽交疏，以义合者则常能生死不渝。心志上的契合也可分为两种，志趣卑下者则其契合适足以狼狈为奸，志趣高尚者则其契合常常是砥砺相勉。夏完淳对忠与孝追求的是最高的理想，同样的，他对友谊也追求着最高的理想。我们看他《九日大风雨中同智含夜饮》一诗：

> 高秋夜雨不闻声，旅馆孤灯酒自倾。寂寞黄花千古恨，娑娑宝剑一身轻。风尘握手同兄弟，江海知心托死生。遥忆故园芳草路，满篱丛菊战场明。

他说"风尘握手同兄弟，江海知心托死生"，这种友情是何等磊落与诚挚。世人常抱怨人心的诡诈与友情的浇薄，其实我们既未尝把自己诚挚的感情交付给别人，则如何能希望别人将他诚挚的感情交付给我们。风尘握手便视同兄弟，江海知心便托以死生，这种友情真使我们向往。我们再来看一首他的送别诗：

马秣车已脂，借问君何之？青青小阴柳，是君
上马时。我有双玉环，宛润好颜色。佩君衷里衣，
明我长相忆。置酒临江皋，赠君以敝裘。敝裘不
为薄，愿君思同仇。日落星争光，行人不知处。前
山马首迥，掩涕独归去。

在离别之情外，还能勉以愿君思同仇。另外有《同恂如、因
培两外兄舟宴寄别鉴开家舅》一诗：

入幕思投笔，沾衣愧请缨。盘龙呼入镇，公瑾
笑谈兵。烟树连云幂，江潮弄日生。一声离笛晚，
无限渭阳情。

也时刻不忘投笔请缨。从这两首诗中，我们可以看出他对
人除了诚挚以外，还更能在道义上相砥砺。这与一般群居
终日无所用心的酒食征逐之徒，真是相差不可以道里计了。

另外我们再来看一看他哭内兄钱漱广的几首七绝：

嵇阮当年二酒徒，河山邈隔恨黄垆。自从两
哭钱侯后，天地伤心一剑孤。

164

回首长歌更短吟，三春唱和更沾襟。看君壁上龙鸣剑，依旧霜花夜夜深。

遥忆音容泪满巾，到今天地转风尘。鸡鸣寒夜愁难晓，不见当时起舞人。

曲江红树有微霜，七尺桐棺吊北邙。杯酒临风唯恸哭，黄花白草月茫茫。

枕上相逢还说梦，樽前如见不闻声。伤心惊起无人问，独倚寒窗月自明。

这五首诗中，最后两首实在写得悲痛。"杯酒临风唯恸哭，黄花白草月茫茫"，此情此景，已经伤心至极。到了"枕上相逢还说梦，樽前如见不闻声"，写思念之情更是深刻。至于"伤心惊起无人问，独倚寒窗月自明"，则真是情何以堪了。如果没有极诚挚的情感，如何能写得这样动人。至于前三首中，如"自从两哭钱侯后，天地伤心一剑孤""看君壁上龙鸣剑，依旧霜花夜夜深"及"鸡鸣寒夜愁难晓，不见当时起舞人"等句，则充分表现了他们彼此间砥砺切磋的情谊。这几首诗前面原来还有一篇短序说："钱漱广为余内兄，丰姿玉立，神采骏扬，纲纪翼修，百行俱备。天假以年，且有为以死，哲人云亡，邦国殄瘁。哀哉！得绝句若干首，短歌之悲，过于长号，非友情者，不足以语此。"死者原也是一个"纲纪翼修，百行俱备"的青年，一旦知己云亡，不但夏完淳痛失一位益友，而且更有着"哲人云亡，邦国殄瘁"的悲哀。从这些作品，我们都可看出夏完淳取友既一准乎道义，交友更一出之至诚。所以我们说他对友谊也追求着最高的理想，和他对忠与孝也追求着最高的理想一样，这全是他完整的人格所表现的一面。

然而可悲哀的是，无论是对国、对家、对朋友，夏完淳虽都曾交付出至善至美的感情，但他所得的却全是悲剧的收场。国破，家亡，朋友死丧。几次起义失败，他的师友大半殉节死难了，夏完淳于哀悼死者之余，也更坚定了他自己必死的决心，我们看他在狱中所作的《吴江野哭》。

江南三月莺花娇，东风系缆垂虹桥。美人意气埋尘雾，门前枯柳风萧萧！有客扁舟泪成血，三千珠履音尘绝。晓气平连震泽云，春风吹落吴江月。平陵一曲声杳然，灵旗惨淡归荒烟。茫茫沧海填精卫，寂寂空山哭杜鹃。梦中细语曾闻得，苍黄不辨分颜色。江上非无吊屈人，座中犹是悲田客。感激当年授命时，哭公清夜畏人知。空闻蔡

琰犹堪读，便做侯芭不敢辞。相将洒泪衔黄土，筑
公虚冢青松路。年年同祭伍胥祠，人人不上要
离墓。

及《细林野哭》：

细林山上夜乌啼，细林山下秋草齐。有客扁
舟不系缆，乘风直下松江西。却忆当年细林客，孟
公四海文章伯。昔日曾来访白云，落叶满山寻不
得。始知孟公湖海人，荒台古月水粼粼。相逢相
哭天下事，酒酣眦睨意气亲。去岁平陵鼓声死，与
公同渡吴江水。今年梦断九峰云，旌旗犹映暮山
紫。潇洒秦庭泪已挥，仿佛聊城矢已飞。黄鹄欲
举亦翩折，茫茫四海将安归？天地踽踽日月促，气
如长虹葬鱼腹。肠断当年国士恩，剪纸招魂为公
哭。烈皇乘云御赤龙，攀髯控驭先文忠。君臣地
下会相见，泪洒阊阖生悲风。我欲归来生羽翼，谁
知一举入罗弋。家世堪怜赵氏孤，到今竟作田横
客。呜呼！抚膺一声江云开，身在罗网且莫哀。
公乎！公乎！为我筑室傍夜台，霜寒月苦行当来。

这两首诗都是哭他同在吴江起义的朋友，生死不渝，诗中处处表现了他决心一死的意志。

但是，世上的友情，毕竟不能都如夏完淳所理想的那样完美。当起义失败后，也有些朋友因意志懦弱，深恐被累，而纷纷远引，这使得夏完淳这对友情抱有最高理想的青年不胜感慨。于是在他的作品中，发出了"当年结客同心者，满眼悠悠行路人"及"今日三千珠履客，何人知报信陵恩"的叹息。生死利害是友情的试金石，在世上经得住一试的友情毕竟太少了。相形之下，乃更觉得夏完淳的生死不渝的磊落诚挚的友情之可贵。他在《忆侯几道云俱兄弟》一诗中，有句说："万里河山犹故国，九京风雨自同心"。所谓"同心"，是信人，也是自信，而直到"九京风雨"仍然有这样的信心，这真是交友的最高境界，不是对友情抱有最高理想的人如何能写出这种话来。

（三）立志与持身的高洁

屈原《离骚》有两句话说："人生各有所乐兮，余独好修以为常。"古语也说："兰生空谷，不为无人而不芳。"丝毫没有任何希索，也丝毫没有任何贪求，只是为了爱美而爱美，为了要好而要好，这是最理想的人格。这种人格蓄养于纯高的心意，而表现于美洁的操守。蓄养于心意者是立志，表现于操守者则是持身。现在我们先来看一看夏完淳的志意，他在《自叹》一诗中说：

> 功名不可成，忠义敢自废。烈士贵殉名，达人任遗世。自愧湖海人，卓荦青云志。虽无英雄姿，自与俦伍异。美人来何迟，景光日云逝。谁不誓捐躯，杀身良不易。百年在一旦，神仙安可冀。荣名复何为，寂寞千古事。

第一句"功名不可成，忠义敢自废"真是说得好。夏完淳之尽忠取义，既不为功，也不为名。明明知道功名之不可成就，然而忠义却是绝不可废弃的。屈原曾说过"亦余心之所善兮，虽九死其犹未悔"，只要我们以忠义为美善，则岂但功名之成败不足计，就是己身之生死也不足惜。世上有些人竟把忠义当作了建功立名的手段，这些人只是一批投机取巧的商人，是经不起任何考验的。一旦功名不成，便择取了现世的利禄而废弃了忠义。也有些人其初固未尝不以忠义为心，而一旦遇到生死利害的关头，则自己不能操持自己，终至身败名裂，悔恨无及。存心欺世者可恨，失足遗恨者可惜。前者是根本就没有纯高的志意，后者则虽有纯高的志意，却失之于没有坚定的操持。俗语说"守身如执玉"，玉是至善至美的象征，不允许有一点瑕疵为白璧之玷。这种爱美爱好的心，使得夏完淳的志意纯高，因为他厌恶卑下，使得他的操持坚定，因为他厌恶妥协，有时不免令人觉得他有点狂傲，即如前所举一首之"自愧湖海人，卓荦青云志。虽无英雄姿，自与俦伍异"，似颇有自命不凡之意。其实狂傲与自重自爱不同，狂傲者虚而不实，没有一点反省的自知之明；而自爱自重者则反是。自爱自重者正是自知甚明，所以不甘于同流合污苟且阿世。夏完淳先说"自愧湖海人"，复又说"虽无英雄姿"，尽管他自己承认是凡人，但他毕竟有其不凡之处，这便是卓荦的志意与美善的操守。每个人都当承认自己的卑微渺小，这样才不致虚诞浮夸；也都当知道自己的伟大不凡，这样才能有纯高的志意，才肯向前向上去追求。我们从夏完淳的作品中，不仅可以看出他对忠义之执着，更可看出他对完整的美善之渴慕与追求。即如在前一节所举夏完淳《狱中上母书》内，有一段说到立后的事，他说："淳死之后，新妇遗腹得雄，便以为家门之幸，如其不然，万勿置后。会稽大望，至今而零极矣。节义文章，如我父子者几人哉！立一不肖后，如西铭先生，为人所诟笑，何如不立之为愈耶! ……"不全有则宁全无，这一点夏完淳实在狷洁得可爱。真是事事不苟且，处处不苟且。所以终他的一生，始终未曾犹疑过，未曾反悔过，未曾妥协过，他的立志与持身的高洁，真是值得我们歌颂效法的。

(四)感时伤世的悲愤

夏完淳文学天才的不凡已是众所周知的事，夏完淳品性的纯高诚挚也已在前几节介绍过了，现在我们更要看一看夏完淳对政治方面的卓越的识见。夏完淳自幼就关心国事喜阅邸抄，但不幸他生在一个国破家亡的艰危的时代。北都陷落，他曾与一班同志起义勤王，并且作了一篇《江左诸少年讨叛降逆臣檄》。当时他还未料想到异族入据之后，国家竟会一败涂地。及至福王立后，因马阮的昏庸，南都又陷，这时夏完淳的悲愤乃达于极点，既痛心于河山的破碎，更疾首于朝政之不纲，于是他作了一篇《大哀赋》，内中述及扬州及南都失陷后的情形：

> ……于时清人河上之师，天室通好之使，未许
> 其冠带春秋，遂至夫荆榛天地。苏属国之旄节终
> 留，庾开府之江关永弃。移貂帐之千里，逐龙驹之

万骑。投鞭则淮水不流，饮马则长江无际。白羽死夫孔明，绿帻亡其道济。嗟夫！扬州歌奉之场，雷塘罗绮之地。一旦烟空，千秋景异。马嘶隋柳之风，蜃吐海门之气。潮上广陵而寂寞，枝发琼花而憔悴。……玄武湖边，景阳宫里，莫愁之歌舞何如，长乐之钟声已矣。斜阳归而燕子秋飞，蔓草平而后湖月起。秦淮则一点青烟，桃叶则三声渔市。蘼芜遍于故宫，莓苔碧于旧址。平康之绝巷鸡鸣，钟岭之空山鹤唳。风尘萧索兮十二楼，烟雨凄迷兮四百寺。鸟啼上苑之花，鹊噪孝园之树。故老吞声，行人陨涕。殷王子麦秀之歌，周大夫黍离之泪。天地何心，河山无罪。……

写河山之沦陷，极为悲惨。此外他在赋中对南都之失政，马、阮之昏庸，也写得淋漓尽致，他赋中说：

朝堂多水火之争，边徼有沙虫之戚。……继以中常侍之窃政，大长秋之尸祝。圣媛定中禁之谋，节让起北宫之狱。……而乃东昏侯之失德，苍梧王之不君。玉儿宠金莲之步，丽华长玉树之淫。……吴歈越艳，鲁酒梁樽。先见乎玉杯象箸，复征夫酒池肉林。问蛙鸣于为官为私，御龙衮于若亡若存。……冠盖之银青俱满，庙堂之铜臭相因。……将相尽更始之羊胄，衣冠多南渡之雁民。……

他笔墨中蕴蓄的不是讥刺，不是讽笑，而是志士忧国的悲哀与愤慨。范文正公曾说"士当先天下之忧而忧"，何况已经到了国破家亡的关头，则像夏完淳这样有思想有热血的青年，如何能不忧急痛恨。所以他在《续幸存录》中，更明显地指出南都失政之处：

南都之政，幅员愈小则官愈大，郡县愈少则官愈多，财富愈贫则官愈富，斯之谓三反，三反之政，又乌乎不亡。

寥寥几句，而说得如此精辟透彻，这是何等的识见。然而当时却还有些醉生梦死的人，依然过着苟且偷安的日子，这使得这有识见的爱国青年极为忧愤，所以他在《忧日出居》一诗中，发出了"江楼月满人皆醉，浦口风来我独醒"

的慨叹。但他在悲哀愤慨之余，却并未灰心，所以他在《遇盗自解》一诗中，又曾有"逢人莫诉流离苦，何处桃园可避秦"的话。人生最大的勇气，便是敢于面对现实。南宋词人辛弃疾也有"莫避春阴上马迟，春来未有不阴时"的句子。在外族压迫之下，在存亡生死之际，只有奋斗，才可以图存。只有抗敌，才可以救亡。我们如何能等待？如何能逃避？所以夏完淳终于毅然决然地参加了奋斗抗敌的行列了。

（五）被执成仁的决心

春秋时，有一个息国，《左传》记载说，楚文王灭息，掳息夫人以归，后来生了堵敖和成王，但却从不肯说一句话。楚王问之，对曰："吾一妇人，而事二夫，纵弗能死，其又奚言。"所以后人咏息夫人有诗说："千古艰难唯一死，伤心岂独息夫人。"这两句诗真是道破了人类的渺小软弱，也道破了人类最大的悲哀。《圣经》上也说："因为立志为善由得我，只是行出来由不得我。"这是多么可痛心的一件事。有多少立志为忠臣的人，但终于隐忍苟活屈身降敌了。青年人哪个不肯有杀身报国的志意，但经得住考验的又有几个？所以夏完淳在《自叹》一诗中也慨叹着说："谁不誓捐躯，杀身良不易。"卖国求荣的洪承畴姑不必论，就是与夏完淳同死的他的岳父钱彦林，临难前也仍不免有迟疑不振的样子。可见"杀身成仁""舍生取义"说起来容易，而真正实行起来却极困难，因为"生"是人类最大的欲望，所以生死的取舍需要着最大的智慧与决心，是大智与大勇的具体表现。夏完淳虽年仅十七，然而临难不苟，大义凛然，岂止洪承畴为之惭怍，就是他的岳父钱彦林也不免相形失色。这便因他早已有着成仁取义的决心，与取舍死生的智慧，我们看他被执以后的作品，处处表现着必死的决心，如同《别云间》（按即松江）一首：

> 三年羁旅客，今日又南冠。无限河山泪，谁言天地宽。已知泉路近，欲别故乡难。毅魄归来日，灵旗空际看。

及《拜辞家恭人》一首：

> 孤儿哭无泪，山鬼日为邻。古道麻衣客，空堂白发亲。循陔犹有梦，负米竟谁人？忠孝家门事，何须问此身。

还有《寄内》一首：

忆昔结褵日，正当摄甲时。门楣齐阀阅，花烛
夹旌旗。问寝谈忠孝，同胞学唱随。九原应待汝，
珍重腹中儿。

对故乡，对老母，对娇妻，这是人类最难割舍的感情，
多少人因为放不下这一点感情而出卖了民族，出卖了国家，
出卖了人格，但夏完淳却毅然去就义了，这真是大智与大勇
的表现。及至夏完淳被执至金陵，又作《西华门与同难诸公
待鞫》一首：

同舟今日半南冠，魂断云山旧筑坛。仁寿镜移
江月落，景阳钟动晓风寒。谁将杯底销秦狱，却向
囊头识汉官。相对银铛趋右掖，梦中犹作侍臣看。

已经到了"相对银铛"的地步，而居然还怀着"梦中犹
作侍臣看"的想头，这是何等的忠君爱国之思。此外被羁待
鞫在皇城故内珰宅所作的一首，也是一片眷恋故国的
深情：

　　孤臣魂已断，况复见长安。歌舞愁云散，池台落日寒。重来中贵宅，空挂侍臣冠。一片银铛影，还同剑佩看。

至于《被鞠拜瞻孝陵恭记》，更是众口传诵的诗句：

　　城上钟山色，松杉落翠微。朝光群鸟散，暝色二龙飞。璧月沉银海，金风剪玉衣。孤臣瞻拜近，泉路奉恩辉。

当他被执受审时，洪承畴原想宽释他，他可以求生而不求，反而跃起奋骂，这一点尤其难能可贵。直到受刑时还不肯下跪，而且口中大呼："今日得瞻高皇帝孝陵而死，尚复何憾乎。"生不能诱之，死不能惧之。这种至刚至大的精神，是我们中华民族传统的精神与道德的结晶，只要有这种精神存在一天，我们中华民族是绝不会灭亡的。

全稿完成于 1954 年

从云间派词风之转变谈清词的中兴

　　历来讲清词的就很少，清词被提到多一些的是浙派、常派，而讲到云间派的就更少，所以"云间派"是需要介绍的。我今天要讲的还不只是云间派，我要讲的是从云间派词风的转变谈到清词的中兴。当我来到台北以后姚白芳告诉我说：前不久严迪昌先生刚刚讲过清词，也谈到了清词的中兴。我又吓了一跳，我本来就没有准备，而严先生是写过《清词史》的研究清词的专家，他已经讲了清词中兴在前了，那我讲些什么呢？我真不知道从何讲起。

　　现在我想为了避免和严先生讲过的内容有所重复，所以我的内容要从另外一个角度来切入。在录音带中，我听到严先生所讲到的清词中兴，是从几个方面来讲的：譬如说讲到清词之所以号称中兴第一是作品的众多。严先生最近出版了《清词史》，还编选过《全清词》，严先生过去曾参加南京大学《全清词》的编辑工作，而《全清词》现在已经出版的有两本，就是清朝初年顺治、康熙两朝的词。只从顺治、康熙两朝来看，词的作品已经有五万多首这么多了。根据严先生的估计，如果全部的《全清词》编辑出来，应该会有二十万首以上的作品。所以清词之所以号称中兴，第一当然是由于它作品数量之多。

第二点，严先生也讲到了，清词的流派也是很多的。从清初开始的云间词派、柳州词派，以及其后的阳羡派、浙西派、常州派等，可说流派极多。还有清人因为作者多，所以清人编选的当代清词的选集也很多；而以前的明朝是很少有人去编选他们自己当代的词集的。除了严先生所谈到这些中兴的现象以外，还有很多人谈到清词中兴的现象，例如钱仲联先生在《全清词·序》中就曾说，清词的作者跟清词的词学研究者很多都是当时的一代学人，不像宋朝，如柳永这一些人不是学者。而清代的很多词人、词学家都是学者，很多都是经学家，像朱彝尊、张惠言、周济、谭献等都是很有名的学者。宋人所写有关词的评论大概只在宋人笔记中有零星的记载，是不成系统的。而清人就有很多有名的关于词学的著作。常州派当然是有名，可是常州派的创始人只是在《词选》里写了一篇短短的序，常州词派是后来周济这些人使它发扬光大的。后来《词话丛编》所收集大部分的作品都是清人的词话，总括这些原因都是前人所谈到的清词之中兴。作品多，流派多，作者大半都是学者，跟以前的游戏笔墨是有所不同了。研究清词的词学评论也有成就，这是前人的所谓清词中兴的说法。

我今天所要谈的，不是这些个问题，以上所说的都是清词中兴的结果、清词中兴的现象，这是清词中兴的成果。而我现在所要探讨的是要从清词中兴的原始讲起：清词为什么中兴？清词中兴的原因是什么？它的本质在哪里？这牵涉词的一个本质问题。因为词在初起的时候本来是歌筵酒席之间，伴随着当时隋唐之间流行的乐曲"燕乐"来演唱的歌词。从中国传统文学的历史来看，我们说诗是言志的、文是载道的。而词呢？词只是一种游戏笔墨，是歌筵酒席之间写的配合歌曲来歌唱的歌词，这是一种非常特殊的现象。所以词被目为小道末技，被认为是不值得重视的，是没有价值、没有意义的。因为中国喜欢从道德、伦理思想的内容来衡量文学的成就，所以词是小道末技。

而要怎么样来评定词的价值和意义呢？既然是游戏笔墨，是给歌女唱的歌词，那么它有什么样的价值和意义呢？这是从唐五代词发生以来，词学一直所反思的问题，词学一直是在困惑之中进行的。他们不知道这种歌词有什么意义和价值，一直到南宋的陆游，他内心还存着这样矛盾的心理。陆游曾经写过几篇谈到词的文章，一篇是写他自己长短句的序言，他自己说词是"郑卫之音"，是没有价值、没有意义的，"予少时汩于世俗，颇有所为，晚而悔之"。说我年轻的时候不懂事就随便乱写，我现在年岁大了，我知道我以前的作品都是没有意义和价值的，很觉得后悔，可是我已经写了，也不好再销毁，所以就只好付梓了。可见陆游他不知道词的意义和价值在哪里。而另外陆游还给《花间集》，也就是中国最早的一本诗人文士们所写的歌词的词集写了两篇跋文。在第一篇跋文上他说：在晚唐、五代之间，那时"天下岌岌""生民救死不暇"，因为晚唐五代都是在战乱之中，而"士大夫乃流宕如此"，不顾人民，不顾国家的民生大计，而写这样的歌词，真是"可叹也哉"，因此他给的评价是否定的。可是在《花间集》的另外一篇跋文中他又说了："唐自大中后，诗家日趣浅薄"，从唐季以来，诗是愈来愈衰微了，"但唐季五代"之时，有了新的歌词，产生了"倚声"的小词，反而是"简古可爱"，他又说这类小词是很可爱的。所以词这个东西是非常微妙的，一方面从传统的文学批评眼光来看，从伦理道德的意义来看，它是没有价值和意义的。可是另一方面很多人又觉得，它果然是有一些很可爱赏的地方。

还有一段话，这是后来王国维的《人间词话》所说的，他说"宋人诗不如词"。宋代人写的诗不如词，但宋人为什么诗不如词呢？他说那是因为"其写之于诗者，不若写之于词者之真也"。他说，那是因为宋人写诗不像写词的感情内容那么真诚。可是这话又不对了，诗才是言志的，诗写的都是诗人自己的思想、自己的感情。而词呢？词是给歌女去唱的歌词，常常是用歌女的口吻写的，怎么会说词比诗更真呢？这就有了另外一个问题，那就是词这类文学作品在美学的意义和价值上存在着一种困惑。词的好处究竟在哪里呢？所以词真的是很微妙的。在晚唐五代那种衰乱之世的兵荒马乱、战乱流离的时代，而写出的这样的歌词之词，从表面上看起来是与民生没有关系的，是写美女和爱情的，它的意义和价值在哪里？这个困惑一直延续下来，大家对于词没有一个正确的认识，都认为它是小道末技。

到了明朝人那里，就承袭了这个观念，直到明代末年的作者，也就是今天我们要讲的云间派的主要人物陈子龙跟他的朋友李雯及宋徵舆，他们年轻的时候也都填写歌词，有一本词集叫作《幽兰草》。陈子龙曾给《幽兰草》写了一篇序文。陈子龙就谈到词这种东西，说明朝词为什么衰微，因为明朝有"巨手鸿笔"的人不肯填词。有学问的人不肯填词，他要写"鸿篇巨制"，词是小道末技，我为什么去填词呢！而填词的人就是那些比较不严肃的作者，所以他们填出词来品格就比较低下，因此明朝的词就卑微、衰弱。这就因为词有两重的性质，表面上看起来它是小道末技，是不重要的。可是唐五代的那些词之所以好的缘故，正是因为它在表面的荒淫娱乐之中有一种言外之意可以供人深思。可是这又不同于南宋末期，像王沂孙这些人所填的词，他们是有心要放进一种比兴寄托。《乐府补题》那些咏物词，每一首都有比兴寄托的用意，是有心放进去的寓托。晚唐五代的小词之所以妙，就因为它是无心的，它是荒淫娱乐，它是写男女的相思怨别的爱情，可是它居然可以使后来的读者从中生发出很多言外的联想。因此张惠言的《词选·序》就说词是"意内言外"，他用比兴寄托来解释词。他说欧阳修的"庭院深深深几许"就相当于《楚辞》的"闺中既已邃远也"，而"楼高不见章台路"就是"哲王又不寤也"。他用比兴寄托的方法把欧阳修写闺怨的小词《蝶恋花》，讲成有屈原《离骚》的比兴寄托之意。这是深文周纳来推求，所以王国维就责备张惠言，说："固哉，皋文之为词也。"像永叔的《蝶恋花》，像温庭筠的《菩萨蛮》，有何用意，本来没有什么用意，"皆被皋文深文罗织"，都被张惠言用比兴寄托的大网网罗进来了，所以王国维说张惠言的解说不对。

可是王国维的《人间词话》不是也说"昨夜西风凋碧树，独上高楼，望尽天涯路"是"成大事业大学问"的第一种境界吗？你王国维说张惠言讲欧阳修的《蝶恋花》是深文周纳，是不对的，那么你自己用"成大事业大学问"的话来讲晏殊的《蝶恋花》，那你自己就不是深文周纳了吗？所以王国维就为自己开脱，他说晏殊的《蝶恋花》有成大事业、大学问的第一种境界的意思，可是他又说"遽以此意解释诸词"，"恐晏、欧诸公所不许"。我用这种意思来讲欧阳修、晏殊的词恐怕原作者晏殊、欧阳修他们不一定允许我这样讲，他们不一定同意我这样讲。这就是王国维聪明的地方。张惠言硬要说作者一定有这样的用心，而王国维说这是我这个读者的联想，作者未必有这样的用心。这个当然可以用现代的读者反应论和接受美学来解说，他是从读者的一方面有这样的联想讲的。可是这就正是词的妙处，"作者未必有此意"，作者就是写男女的相思怨别，那为什么所谓好的小词就常常引起读者言外的联想呢？张惠言的联想也好，王国维的联想也好，的确很多小词都可引起他们许多言外的联想。

张惠言跟王国维解释言外的联想方式却不一样。张惠言说作者一定有这样的用心，王国维说作者不一定有这样的用心，但是我可以有这样的联想，这是读者的联想。好的小词就是要有这样的一种品质，要有言外更丰富、更深远的意思才是好词。你表面上也尽可以写相思怨别，但是一定要有言外的意思才是好词。可是明朝的人没有觉悟，没有反省到这一点，他们认为小词就是写男女的相思怨别的爱情小词。所以明朝人写的时候，他们是以不严肃的态度只写表面的意思，但明朝的时候传奇及曲子是盛行的，像汤显祖的《牡丹亭》之类。所以明朝的人，他们没有认识到词的特殊的美学上的特质，因此他们就用写曲子的方式来写词，这就发生一个很奇怪的现象。不同的文学体式它的结构真的是很不同，表面上看起来，你说词跟诗不同，因为诗大概五个字或七个字一句，是整齐的。那么词呢？长短句是不整齐的，所以就有差别了。诗，在《诗经》的时候是可以配合音乐来歌唱的，可是后来的诗，都是不配合音乐来歌唱的。而词呢？在唐五代两宋还是配合音乐可以歌唱的，所以这是诗跟词不一样的地方，这个观念大家还是可以接受的。你说曲跟词怎么也不一样呢？你说词是长短不整齐的句子，曲子也是长短不整齐的句子；词是配合音乐来歌唱的，曲子也是配合音乐来歌唱的。那词、曲有什么不同？所以明朝人就对于这个区别没有分清楚，也因此他就用写曲的方法来填词，但是文学的体式不同，所表现的风格也就会有不同，要体认到这一点是很重要的。

词虽然是长短句，不整齐，可是词的格式是比较严格的，如"小山重叠金明灭，鬓云欲度香腮雪。懒起画蛾眉，弄妆梳洗迟"，七—七—五—五这是固定的。可是曲子不然，曲子可以有衬字，可以有增字，可以有很多的变化，这一点是词曲不同的地方。像关汉卿写的一支曲子，他说"我是蒸不烂、煮不熟、捶不扁、炒不爆，响当当一粒铜豌豆"。好，为什么他写得这么长，其实就只有五个字，而其他的那些都是衬字、增字加上去的。而衬字、增字都是非常口语化的。"我是蒸不烂、煮不熟、捶不扁、炒不爆，响当当一粒铜豌豆"，本来"一粒铜豌豆"就完了，他上面加了一大串口语、俗语的形容描写，所以跟词是不同的。除了外表的不同，曲是可以有衬字、增字的性质以外，另外同样是短小的小令，有的时候它内容的性质也有一点区别。比如说，关汉卿还写过一首相当短小的令曲，叫作《一半儿》："碧纱窗下悄无人，跪在床前忙要亲。骂了个负心回转身，虽是我话儿嗔，一半儿推辞一半儿肯。"这是说在一个碧纱窗下，静悄悄没有一个人，这个男子就跪在女子的床前要亲她，这个女子骂了他就把脸扭过去，虽然这个女子娇嗔地骂了他，她表面上一半是推辞，其实心里一半儿是肯的。像这种情形，曲子是写得非常通俗的，历来评词曲的人就说它是曲，不可入于词。所以词曲在它内容的特质上、在它形式外表的增衬上是不同的。除了这些不同外，还有押韵的不同。"碧纱窗外悄无人，跪在床前忙要亲"，这是平韵；"虽是我话儿嗔"，这也是平韵；"一半儿推辞一半儿肯"，这是仄韵。在曲里边，它可以一支曲子平仄通押，有平声韵也有仄声韵。可是词呢？它可以换韵，但一般不能平仄通押，除了极少数像《西江月》之类。所以词、曲在形式上是有很多不同的。

还有，曲子当时是在非常通俗、非常市井的场合传唱的，因为一般听戏曲的是民间市井的大众。可是《花间集》的作者却是诗人、文士，所谓"诗客曲子词"是诗人、文士的曲子词，所以《花间集》编选的是诗人、文士的作品，跟曲有很多的不同。可是明朝人没有看到这一点，所以明词的衰落，一个是在观念上根本不重视它，第二是在写作审美的观念价值上，没有认识词的特殊美感在哪里。明末的词风一直沿袭下来，到清初，很多人还是用不严肃的态度来填词的，也就是还抱着游戏笔墨的心态来填词。

我们现在就要讲到"云间派"的词人了，怎么他们的词风就转变了呢？怎么会把明朝这种衰弱的、委靡的词风就转变过来呢？这是值得研究的一个问题。什么叫"云间"词派呢？云间，是个很有名的地方，清朝的时候它属于松江府，当时的松江府下面有华亭和娄县两个邑，所以像陈子龙他们也可以说是华亭人。而他们为什么称为"云间派"呢？因为他们几个人合编了一本诗集叫《云间三子新诗合稿》，而云间三子是谁呢？就是我们今天要讲的三个作者。第一个最有名的就是陈子龙，明万历三十六年（1608年）出生，经过了甲申的国变，在清顺治四年（1647年）死去。另外一个作者跟他是同年，同样是万历三十六年出生，也同样是在顺治四年死去的，这个作者就是李雯。陈子龙比较有名，而李雯的名气就没有他那么大。第三个作者叫宋徵舆。这就是所谓的云间三子。云间三子里边陈子龙是成名最早的，他是在明朝崇祯十年（1637年）就考上了进士。而且在中进士后，曾经做过绍兴推官、兵科给事中，因此他是在明朝仕宦过、有明朝科第功名的人。李雯没有考中过进士，所以他没有明朝的科第功名。宋徵舆就更不同了，宋徵舆没有明朝的科第功名，却有清朝的科第功名。就在甲申国变顺治元年（1644年）的当年，他考中了举人。

顺治四年陈子龙起兵抗清失败，被捉拿起来，在船上押送的途中乘间跳水自杀而死，所以他是殉节死难的烈士。陈子龙不但成名最早，作品体裁最多、最广，而更因为他是殉节死难的烈士。虽然他曾抗清，但是清室定鼎之后，就给那些明末的烈士都封赠了谥号。所以我们能看到的陈子龙的集子，就叫《陈忠裕全集》，这"忠裕"两个字是谁给他的谥号？是清朝给他的。在三子中最受冷落的一个人就是李雯，而李雯其实是非常不幸的一个人。至于宋徵舆，以他的文学成就来说，他是成名较晚的。陈子龙和李雯两人是同年，而宋徵舆比他们两人小十岁。宋徵舆在顺治元年，也就是明朝刚刚灭亡不久就考上了举人。《云间三子新诗合稿》就指的是陈子龙、李雯、宋徵舆三个人的合集。陈子龙是跳水自杀了，李雯是不得已而投降清朝，其实他内心是非常痛苦的，后来与陈子龙同年死去。两个人是同年生，而且是同年死的。

这《云间三子新诗合稿》是在哪一年编成的？就是在甲申年，也就是国变的那一年。这人生的际遇真是难以逆料，这三人都是松江华亭人，在《云间三子新诗合稿序》中，根据陈子龙自己的序文，他说我们三个人居处是"衡宇相望"，"三日之间，必再见焉"。他说我们的家住得很近，彼此的房舍屋宇都看得见，三天里面至少有两次会面。其中的陈、李两人比宋徵舆大十岁，所以陈、李以前就联合出过诗集。陈子龙成名很早，而那时李雯尚未成名，陈子龙这个人因为很有才华，一般人的作品他都看不起，忽然间他看到他同郡县的李雯的作品大吃一惊，觉得李雯写得真好，因此就结识了李雯，此后常常跟李雯一起作诗，而最初编诗集时没有宋徵舆，那时宋徵舆还没冒出头呢。这本诗集叫《陈李唱和集》，那一年刚好是癸酉年，所以也叫《癸酉唱和集》。癸酉距离甲申整整十三年，那也就是崇祯四年编的。他们都是好朋友，但宋徵舆是后来才加入的，最后把他们的诗都编在一起结集的是宋徵舆。宋徵舆把陈子龙的诗、李雯的诗，加上他自己的诗，编了《云间三子新诗合稿》。陈子龙给这合稿写了一篇序言，说他们本来是"衡宇相望，三日之间，必再见焉"，可是没有多久就国变了，"今宋子方治婚宦之业"，宋徵舆正忙着结婚做官，正忙于考科举，那我陈子龙呢？"予将修农圃以老焉"。明朝已经灭亡了，我也不再做官，我想隐居终老。

这些明末的遗民事情也很繁复，在他们抗清第一次失败的时候，他们同郡县还有一个跟陈子龙志同道合感情很好的人，结了一个社叫"几社"。那时还有"复社"。"复社"当然更有名，但是"几社"的取才选人更是严谨。"几社"的另外一个领导人物就是夏允彝，夏允彝的儿子就是夏完淳，夏完淳称陈子龙为老师。而当时清兵南下，当他们第一次起兵抗清，头一个殉节也是投水死的就是夏允彝。他的儿子夏完淳实在很了不起，从小就和父亲的这些朋友交游，大概十三岁就加入了义兵的起义抗清，十七岁被清兵捉拿了。当时审判他的就是洪承畴，洪很爱惜他的才华，想要替他开脱，说"童子何知"，小孩子有什么罪过呢？但是夏完淳当场就骂洪承畴说：我所认识的洪承畴已经殉节死了，崇祯皇帝还曾经亲自哭祭。你是什么人！敢冒充洪承畴！因为洪承畴在最初被俘虏的时候是真的不肯投降，曾经坚持过一个阶段不肯降清，所以崇祯皇帝以为他殉节死了，给他设祭哭吊。可是后来他还是投降了。关于他的投降还有很多传说，我们就先不讲这些故事。夏完淳瞧不起降清的洪承畴，就当场破口大骂，因此夏完淳就被杀死了。夏允彝是投水死的，夏完淳是被杀死的，而陈子龙也是投水死去的。

他们这些当年一起交游的人，都有许身报国的壮志，都有以天下为己任的担待和抱负。可是人生的际遇真是难以言说，一个人，你有本身生下来的禀赋属于你自己的一面，你有自己后天教育及志意怀抱的一面，可是也有外在环境遭遇的另外一面。那就是因为国变的时候陈子龙这一些人在南方，南方是抗清复明的基地，有南明小朝廷在那里。而李雯当时是在京师，京师就是北京。李雯怎么会在京师呢？李雯的父亲李逢申，本来在明朝是水部的虞衡郎，他曾经得罪了当时明朝的权臣梁廷栋，因此就被对方诬告而被判了罪，本应遣戍至远方。李雯因为父亲遭难，所以他就留在京师替他父亲洗脱罪名。最后李父虽然没有被谪戍到远方，但是却被免官了。李雯先陪他父亲回松江，留下他的弟弟继续替他父亲昭雪冤情，后来终于冤情大白，官复原职。李雯是个很孝顺的人，又陪着他的父亲从松江来到京师。但回到京师以后不久，李闯王就占领了北京，这时他的父亲就殉明死难了。本来他的父亲蒙难冤情才得昭雪，刚刚回到京师又遭遇国变，因此李雯连给他父亲买棺木的钱都没有。历史上记载说李雯是"絮血行乞"。中国人总是说孝子是泣血稽颡，就是泪尽继之以血。总而言之李雯当然是很悲哀痛苦；国变家难一起来，父亲死难了，而闯王又入关，他是"絮血行乞三四日，乃得版椟以敛"。真是涕泣絮血行乞要到了一点钱才给他父亲棺敛，可是棺敛后又不能埋葬，不但是没有钱埋葬，更是没有回乡的旅费，因为古人的观念是"狐死必首丘"，人死了就要归葬故乡的。

李雯身为孝子，他要负责把他父亲的灵柩运回故里去，才能算是完成一个做儿子的责任，所以他不能够死。在当时不只是父亲棺敛的钱没有，他连饭也没得吃，饿了几天，几乎饿死。在当时李闯王入关不久后，吴三桂就请清兵入关。清人关后就有一些留在京师的人降清了，因为清入关时号称吊民伐罪，我为你们大明皇帝崇祯举丧，因此有些人就投降清朝了。在这些人当中有几个是很有名的文人学士，其中有一个也是清初很有名的词人，那就是连朱彝尊都称他为老师的曹溶。这些人包括曹溶，很欣赏李雯的才华，而李雯在那时几乎快饿死了，连饭都没有得吃，他们很怜悯李雯，就把他推荐给中枢内院。那时候李雯真的是想死，可是他又不敢死，因为他还没有完成一个做儿子的责任。这中间还有一段公案，我们把话先岔开。

在我初二的时候国文教材里有一篇史可法答多尔衮的书信，就是那篇很有名的"南中向接好音"。在这篇书信后面附有多尔衮给史可法的一封书信。多尔衮给史可法的这封信写得冠冕堂皇，说"予向在沈阳，即知燕京物望，咸推司马"，先对史可法恭维一番，然后再说清兵入关是为大明讨平逆贼吊民伐罪，又替大明皇帝崇祯发丧，劝史可法投降，当然史可法是大义凛然不肯投降的。这两封信你一比较，多尔衮给史可法的信实在是写得非常好。因此我们的老师就说了："你看多尔衮是满洲人，他怎能写这么漂亮的中国古典文言文？所以这封信是洪承畴替他写的。"所以我小时候就老想着这一封信是洪承畴替多尔衮写的。后来我读了清人的诗集、词集，读到了宋琬的诗集里有一首《重晤李舒章》，李雯的号就叫舒章。这首诗有两句是这么写的："竞传河朔陈琳檄，谁念江南庾信哀。"这很明显是用了几个典故。陈琳是建安七子之一，以善写檄文出名。檄文，常常就是敌对的双方军事往来的文书。河朔，就是河北，也就是指当年燕京的京师。"竞传河朔陈琳檄"，大家都传说有一个写檄文写得很好的人在河北写了檄文。"谁念江南庾信哀"，庾子山是南朝人，后来羁留在北朝的北周，庾信写有《哀江南赋》。宋琬典故用得很巧妙，他把松江李雯之被留在北方比作江南庾信。而作为江南人的庾信一直不忘故国，所以写了《哀江南赋》。宋琬写这两句诗的意思是说：大家都传说李雯为清在河北写了这篇檄文，谁又知道他写这篇檄文是非常不得已，他有像南朝江南庾信那样的悲哀。

这篇檄文事实上的确是李雯写的，但是后来刻李雯《蓼斋集》的人，认为这篇檄文对李雯的名节是不利的，因此李雯的学生替老师编集子的时候就把这篇檄文删掉了。我所看到的是手抄本的一册，所收录的就是李雯当了清朝中书舍人时替清朝所写的那些文章，其中就有这一篇给史可法的信。他底下注得很清楚，是"代洪承畴作"，所以大家说是洪承畴写的檄文，其实是李雯的代笔。卷入这一桩公案李雯真是不得已，因为他父亲死了，他做人儿子尚未能把父亲的灵柩运回故乡，没有尽到做儿子的责任是不孝，所以他不得已偷生苟活下来。

人生的境遇不同，人的感情也不同。明清之际国变的时候，有的人就投降了，像宋徵舆，那是他自己的追求，和李雯是不相同的。李雯是迫不得已这么做，而宋徵舆不是，宋徵舆是自己追求的，而且他的家庭本来相当富有，并不是说穷得没饭吃，非要出来做官不可。像吴伟业他后来也被征召到京师，他也是经历过国变，他内心又是什么样的反应呢？在国变之中，各种不同的人，有各种不同的反应，各种不同的才性，各种不同的遭遇。所以我要引叶恭绰的《广箧中词》论清朝初年之词，谓其"丧乱之余，家国文物之感，蕴发无端，笑啼非假"。清朝的词之所以中兴，甲申的国变是一个非常重要的原因。

甲申的国变为什么对词造成这么重大的影响呢？这就牵涉词的一个美学本质问题了。"词"这个文学体式是非常微妙的，它最适宜表达一种幽微隐曲的、不能够用明显的显意识说明的情思。这是非常奇妙的一点。我们人有显意识（consciousness），有无意识（unconsciousness）或潜意识（subconsciousness），这是不同的。现在我就要回到陆游所提出来的困惑，还有张惠言所提出的比兴寄托之说的问题。词本来是写男女爱情的游戏笔墨，怎么后来它里面会包含这许多可以提供给读者这么丰富联想的可能性呢？我要用现代的接受美学（aesthetic of reception）的一个名词来解说一下，虽然这个名称在西方并不流行，但是我觉得用它来讲词却很好，因此我就把它借来用，那就是 potential effect，我把它译作"潜能"。它不是显意识的故意安排，像南宋词的比兴寄托是显意识的有心安排，而文本中的潜能往往来自潜意识或隐意识的作用，在中国的小词里边，往往就含有这种 potential effect，所以这是一种非常微妙的作用。

冯延巳所填的最有名的那首《蝶恋花》说："谁道闲情抛弃久，每到春来、惆怅还依旧。"他的词为什么能让张惠言看出许多忠爱缠绵的意思来？这些词本来不是写的伤春怨别吗,为什么有这么多隐曲的深意?那是因为南唐国家的危亡,国势岌岌,冯延巳身为宰相,他有多少忧危念乱之心没有办法用言语说出来,而在无心之中,在潜意识里居然在这些小词中流露出来了。所以作者不一定有心要有什么寄托,而是他在潜意识中可能有这种感情的情意,他在无心之中就流露出来了。所以陆游所困惑、所认为矛盾的问题,就是晚唐五代这种荒淫嬉戏的笔墨怎么反而使得很多诗人文士从里面看出很多意思,而也就如王国维所说的宋人"写之于诗者,不若写之于词者之真也"。因为诗是显意识的,人的显意识就如同一个人的行为在大庭广众之间揖让进退,他是有心要做给人看的,因为我的这首诗言的是我自己的志,我有很多不可告人之志,我不能在诗里面写出来。可是词呢?词是没有关系的,词本来写的就是男女的相思怨别,它并不一定代表我自己。所以在宋人释惠洪的笔记《冷斋夜话》中曾记载一段故事,法云秀跟黄山谷说:你"诗多作无害",但是"艳歌小词可罢之"。你不要写这些小词了!黄山谷就回答他说:"空中语耳!"这是空中的话,词里面的话并不代表我自己,我只是替歌女写歌词而已。所以反而在无心之中把他最真实的感情流露出来了。

云间派词风的转变,甲申的国变对他们产生了一个重大的影响。因为在早期他们承袭了明末的遗风，这些才子文士流连歌酒台榭，秦淮歌妓盛极一时。当时晚明很多人是沉湎于声色之间的。当时有一个很有名的妓女，就是后来嫁给钱谦益的柳如是，本来愿意许身的对象是陈子龙，但是陈子龙的家人一致反对他娶妓女，因而作罢。原本柳如是在和陈子龙同居前的恋爱对象就是宋徵舆，但是宋徵舆的家里非常反对，宋徵舆比陈子龙小十岁还不说，当时他也没有科第功名，连举人都没考上，怎能纳妾呢？所以被家庭否决了。她后来跟陈子龙好又受到陈家的反对，最后以男装去见钱谦益，后来终于嫁给钱谦益。所以陈子龙、宋徵舆他们这些人，年轻的时候，他们写诗时还写写自己的理想，至于填词呢？他们叫它作"春令"。李雯曾有一封信写给陈子龙说："春令之作，始于辕文（按即宋徵舆），此是少年之事，而弟忽与之连类，犹之壮夫作优俳耳。"意思是说，你没有想到我近来和宋徵舆两人写的都是这种春令之作，我就如同俳优演戏一样。这类词写的都是男欢女爱、伤春怨别，是承继着明朝词的遗风；明末视词为小道末技而不是什么重要的文学作品。可是甲申国变来到了，正如李后主，李后主早前不也是写听歌看舞，如"晚妆初了明肌雪，春殿宫娥鱼贯列"，还说"凤箫吹断水云间"，我要"重按霓裳歌遍彻"。你看这岂不都是耽溺在听歌看舞的享乐之中的作品吗？而在亡国之后他才说"独自莫凭栏，无限江山"，又说"多少恨，昨夜梦魂中"，这是破国亡家之后才写出来的作品。

云间词派也是这样，最初他们写春令之作，还是承继着明朝的遗风；可是一个国变下来以后，他们的词就有了不同的内容。甲申的国变和晚唐、五代的乱离有暗合之处。而那种忧危念乱，隐藏在内心最深处的、最悲哀、最婉曲、最痛苦的一段感情，他们在词里边表现出来了。晚唐的韦庄，为什么后人给他的五首《菩萨蛮》这么高的评价？这也是他的祖国唐朝灭亡了，他不得已流寓在前蜀，因此他才写了让后人那么称道的那些词。所以是甲申国变促成了云间派词风的转变。好，我们就要来看一看他们的词风是如何转变的。原本陈子龙是成名最早的，因此一般人都先说陈子龙，后说李雯和宋徵舆。而我呢？是不以成败论英雄，是按照他们的年岁来排列的。陈、李虽然是同年生，但是根据李雯为陈子龙集写的序，曾说吾二人年相若而"予稍长"，所以李雯的年龄还是稍长于陈子龙。所以我先讲李雯，我选了他几首词，头一首是比较早期的作品，尚未经历国变以前的《山花子》。

山花子 初夏

乳燕初飞水簟凉，菖蒲叶满小池塘。七尺虾须帘半卷，杏衫黄。

竹粉新黏摇翡翠，荷香欲暖睡鸳鸯。正是日长无气力，倚银床。

这是一首写闺中初夏景物情思的作品。"乳燕初飞水簟凉"，他写得很好，很清新，很真切，很活泼，很生动。这正是初夏，他是扣准了初夏来写的。燕子做巢，生了卵，孵出的小燕子刚刚学会飞。户户人家也刚换上了夏天的竹席，因为天气慢慢热起来了。"菖蒲叶满小池塘"，菖蒲叶子都长出来了，这是初夏的景致。"七尺虾须帘半卷"，虾须帘是一种很细的竹丝的帘子，所以叫虾须帘。隐约地透过这个虾须帘，你看到一个美丽的穿杏黄衣衫的女子。接下来他再描写"竹粉新黏摇翡翠"，就像周邦彦的《浣溪沙》说的"新笋已成堂下竹"，是不是？本来长出来的是笋，现在已经长成高高的竹竿了，而且竹竿上有竹粉了，这是碧绿的"竹粉新黏摇翡翠"，这不就是"新笋已成堂下竹"了吗？接着"荷香欲暖睡鸳鸯"，那些荷叶、荷花也开始长成了，有水鸟栖在那里。"正是日长无气力，倚银床"，这写一个女子的娇慵，你看这就是李雯早期的作品。

再看李雯甲申亡国之后的作品《风流子·送春》，按《六十名家词抄》及《古今词选》于"送春"题下有"同芝麓"三字。芝麓就是龚芝麓，也是降清的一个人，因此他们有同病相怜之感。所以有"同芝麓"这三个字就更增加了使人联想到这一首词有很多的言外之意。如果没有"同芝麓"三个字那就只是送春；但即使只是送春，这首词同样也可以使人感到很多的言外之意。而所有的好词就是它言外之意给人的联想非常丰富，也就是我所引的西方所说的潜能非常丰富。这种潜能从何而来？如果根据符号学的说法，像艾考（Umberto Eco）曾经提到所谓显微结构（microstructure），当然在新批评（new criticism）就已经强调要注意到作品本身。作品本身有很多要注意的，比如说它的形象、音节、语法、结构……有很多很多的质素你可以去分别。可是到了艾考的符号学时，他就有比那个新批评更细的一种分别。他把那个叫"显微结构"，就是一种非常细微敏锐的质素。

凡是好的作者，当然包括诗人也是应该如此的，而特别是词，因为词更细致、更隐微，它那个质素真是非常细微，而它的好坏就是从这上面传达出来的。

风流子　送春

　　谁教春去也？人间恨、何处问斜阳？见花褪
残红，莺捎浓绿，思量往事，尘海茫茫。芳心谢，
锦梭停旧织，麝月懒新妆。杜宇数声，觉余惊梦，
碧栏三尺，空倚愁肠。

　　东君抛人易，回头处、犹是昔日池塘。留下长
杨紫陌，付与谁行？想折柳声中，吹来不尽，落花
影里，舞去还香。难把一樽轻送，多少暄凉。

　　这首词真是好。它潜藏的言外之意，那种感发的力量
是非常丰富的。刚才只是表面上讲了李雯的遭遇：因为当
北京易帜之时，他作为一个孝子不得已留在京师，又为了全
孝而要存活下来，在快要饿死的时候，只好接受了中书舍人
的职位。这种介绍也只是从表面上来看，并没有看到他的
内心是怎么样的感情、怎么样的感受，所以我为了让大家更
明了，我还选了一首诗来说明李雯的心情，就是李雯写的
《东门行》，他说：

　　出东门，草萋萋，行入门，泪交颐。在山玉与
石，在水鹤与鹈。与君为兄弟，各各相分携。

这是第一段，在乐府里叫一解，就是"解除"的"解"。这是乐府诗里一个特殊的名称。下面是第二解：

南风何飂飂，君在高山头。北风何烈烈，余沉海水底。高山流云自卷舒，海水扬泥不可履。

接着第三解：

乔松亦有枝，落榛亦有心。结交金石固，不知浮与沉。君奉鲐背老母，余悲父骨三年尘。君顾黄口小儿，余羞三尺童子今成人。

再下面是第四解：

闻君誓天，余愧无颜，愿复善保南山南；闻君痛哭，余声不续，愿复善保北山北。

最后一解：

悲哉复悲哉，死不附青云，生当同蒿莱。知君未忍相决绝，呼天叩地明所怀。

他写这一首诗是寄给陈子龙的，那时陈子龙还没有投水死去。陈子龙正参加南方抗清的义军，而李雯是沦陷在北方了。李雯写这一首诗给陈子龙，后面附有一封书信，他信里又怎么说呢？他说："三年契阔，千秋变常……"他们二人同死于顺治四年，这是死前一年所写的。他们当年是"衡宇相望，三日之间，必再见焉"的亲密交情，但是经过这短短三年的离别，却经历了这千秋的伦常巨变，这已是国破家亡。"失身以来，不敢复通故人书札者，知大义之已绝于君子也。"李雯说他自己是失身，他不得已，投降给清，所以就没有脸面再给你陈子龙写信。我恐怕你这个忠义的人已不屑与我为伍，这是"知大义之已绝于君子也"。"然而侧身思念，心绪百端，语及良朋，泪如波涌。侧闻故人颇有眷旧之言。"他说本来我没有脸面给你写信，但是我最近听人说，你没有完全弃绝我，你还有怀念我的言辞。这些怀念我的话，不但是听人传言，刚才我们不是说有《云间三子新诗合稿》吗，在这合稿的序言里陈子龙提到"宋子方治婚宦之业"，宋徵舆正忙着要结婚，想要做官，我陈子龙是"将修农圃以老焉"。而他又说了："若夫燕市之旁，狗屠之室，岂无有击筑悲歌，南望而流涕者乎？"真的在北方就没有难忘故国而悲慨长歌痛哭流涕的人吗？那所指的就是李雯，虽然他没有说出李雯的名字，而在这篇序文最后结尾的两句，陈子龙又说："予方期再续日月之章，以续此编，不敢遽咏参辰之作也。"我还期待着你李雯有更好的作品，我还愿意和你唱和。我不愿意现在就说出"参辰"这两字；参辰就是永不相见的意思，我不愿意说这样的话。在这里就可看出陈子龙并没有弃绝李雯的意思。

李雯给陈子龙的这一封信是在顺治三年写的，第二年就是顺治四年。在这时南北的道路比较平静了，李雯就向朝廷请假，以归葬父亲为由，回了故乡。前面引的这一封信我们还没有念完："侧闻故人颇有眷旧之言，欲诉鄙怀，难于尺幅。"我是想给你陈子龙写一封信，把我所有内心的感情对你诉说，可是我这么多的感情，怎能够在短短的书信中说完呢？"遂伸意斯篇用代自序"，所以我就把我所有的情意用这一首《东门行》表现出来了，算是我对你的一个说明。"三春心泪亦尽于斯"，我李雯在这三年内所有的痛苦，大概你在这一首诗里可看到端倪。"风雨读之，或兴哀恻"，如果是在风晨雨夜你读到我这首诗，也许你对我会有悲哀及怜悯之心。"时弟已决奉枢之计"，这时候我已决心要护送我父亲的灵柩回乡。"买舟将南"，我就要租一个船回到南方来。"执手不远，先此驰慰"，我们握手再相见的时间也许不太远了，所以我就先写这封信来告诉你。

据陈子龙的年谱（国变以前的年谱是他自撰的年谱，国变以后是由他的学生叫作王沄的替他续写的年谱），国变以后，就是顺治三年的年谱里有记载说，李雯回来见到了陈子龙，是很痛苦很惭愧的。李雯其实在国变之后写的很多诗文是非常感动人的。因为清廷要他剃发，他写过一篇"发责文"；他写道：昨天晚上梦见头发来责备我，头发责备我说跟从我几十年，从生下来就和我在一起，为什么我要把它剃掉。据记载，李雯回到江南的时候，已是非常憔悴，非常忧郁。陈子龙安慰他说：你失身是为了要尽孝，你不用为此而惭愧。你没有科第功名，你并没有考过明朝的科举，你并没有在明朝做过官，你不算失身。你跟我是不一样的，我是中过崇祯的进士的。这是中国古代士大夫的一个传统。如果你是有过科第功名的就要"食君之禄，死君之事"。但是你李雯并没有食君之禄，你也就没有死君之事的必要。虽然陈子龙这样安慰李雯，可是李雯并不原谅他自己，所以国变以后他的作品一直写得非常悲哀痛苦。现在我们不但了解了他们的身世，也了解了他们内心的感情，我们现在来看李雯的《风流子》。

"谁教春去也？"所以我们说文章的好坏，那真是难以言诠。就是这短短的五个字，就有一种非常深刻委婉曲折的意思。李后主的词"流水落花春去也，天上人间"所写的感情真是奔腾汹涌，一泻无余。李后主是个皇帝，而且是比较任纵的皇帝，所以他没有一种约束节制自己的习惯。国亡以前写享乐，也是尽情享乐。"凤箫"要"吹断水云间"，我"重按霓裳"要"歌遍彻"。可是李雯不是，李雯是个自我反省而又压抑的人。同样是写亡国的悲痛，可是他与李后主表现得迥然不同。"谁教春去也？"是对命运发出的质疑。为什么？天下的事情有许多为什么？国家为什么有这样的遭遇？我李雯为什么会有这样的遭遇？所以这问得真是非常悲哀，非常慨叹。我们说屈原写的《天问》，问天不语，问谁？为什么？为什么有这样的事情发生？"春去也"是一层悲哀，"谁教春去也？"，为什么这样，这是又一重悲哀。

"人间恨、何处问斜阳？"人间到处都是悲恨，所以"三年契阔，千秋变常"。人间为什么有这么多悲哀？有这么多苦难？为什么有这么多缺憾？你问谁啊！谁教春去也？为什么有这样的人间恨事，何处问斜阳？你何处不可以问吗？问谁？问斜阳？这李雯写得真是悲哀；屈原只不过是问天而已，为什么你李雯要问斜阳？因为斜阳也是无常的，斜阳更是将要沉落的。斜阳能够回答你什么呢？所以"谁教春去也？人间恨、何处问斜阳？"这悲哀不只是字面上的，它是从内心里传达出的彻骨伤痛。好的词它就是有这么多的潜能，你可以联想到很多的意思。他表面上是送春，一点儿都不错，完全是送春。

"见花褪残红，莺捎浓绿，思量往事，尘海茫茫。"表面上也是写春天的景物。说花落了，是花褪残红。那黄莺在浓绿的枝头飞掠过去，这又是表面写风景。但是好的作品就是这么曲折，真是花褪残红！残红代表一切美好事物的凋零残败。我是亲眼看见，你亲眼看见过亡国吗？我是看见过的，那是日军进入北平的时候，我是亲眼看见的。"见花褪残红，莺捎浓绿"，这是两个对比，写得非常好。"花褪残红"，国破家亡，君死父丧，这是李雯的遭遇。"莺捎浓绿"，我们俗话说莺燕争春，那莺燕在百花时节忙着要享受春天，所以在浓绿的枝头有不少的莺燕，就像那满朝的新贵，在朝廷易代之间有各种的现象会发生。"见花褪残红，莺捎浓绿。"但是我们也不要指实，张惠言之所以会被王国维批评说"固哉！皋文之为词也！"就是他一定要说词里面有这样那样的托意。我现在所说的不是指词中一定有这种托意，而是说李雯的这一首词，它可以给我们这么多丰富的联想和感受。"思量往事，尘海茫茫。"像我刚才讲他们三人以前同住在一起的吟诗唱和，跟柳如是这些歌妓诗酒的往来，这真是"思量往事，尘海茫茫"。这人间的尘世就如同沧海的波涛，真是烟波茫茫，变化无常，不可追寻。

"芳心谢"，这是很简单的三个字，可是"芳心"就是代表他过去一切美好的理想、美好的志意。我们现在是时间不够，你们如果去找出陈子龙、李雯的诗集、文集来看，在他们的诗、文等言志的作品中，我们就会见到陈子龙、李雯都是许身不凡的人，是果然有才气、果然有理想的人。但是现在是"芳心谢"。对于李雯来说，那所有美好的理想都失去了，什么都不用再说了，你再也没有脸面做任何的事情，抱任何的期望了。

"锦梭停旧织，麝月懒新妆"，这词表面上写的是女子，是女子的生活。女子织布，我用我的梭，本来是要织出一匹美丽的锦缎，可是我现在居然织到一半就中断了。所以是"锦梭停旧织"，我旧日辛辛苦苦、丝丝缕缕编织锦缎，现在是织不下去了。麝月是一种装束。麝是一种香，用这种香料带有黄的颜色涂在你的前额上，就像古人仕女画像中的八字宫眉捧额黄，额黄就指的是这种装饰。他说我懒得再装饰，我要为谁再装饰？我现在失去我的一切的理想、志意，生活的意义都没有了。

"杜宇数声，觉余惊梦，碧栏三尺，空倚愁肠。"杜宇就是杜鹃。杜鹃可以给我们很多很多的联想，如果用西方的符号学来说，这就是一个语码，一个带有丰富文化背景的语码。因为杜宇在我们中国的文学史里边，有很多丰富的文化背景的联想。杜宇一说是古代的蜀望帝，蜀望帝是死了，代表死去的皇帝，代表明朝的灭亡。而杜宇的啼声叫的是什么？"不如归去！不如归去！"可是李雯怎么归去呢？而杜宇在屈原的《离骚》里是"恐鹈鴂之先鸣兮，使夫百草为之不芳"！杜宇一叫，这春天就完全走了。所以他用一个杜宇就有这么多的联想，而他表面上写的是送春。这杜宇数声，你说杜宇代表的是故君，那么崇祯皇帝已经死了，国家已经亡了。李雯本来是江南的才子，现在又归去何方？而"觉余惊梦"说得好！我大梦醒了，而这是什么样的梦？那么一场国变的惊险的噩梦，是觉余惊梦。"碧栏三尺，空倚愁肠。"现在到了春天，我倚栏送春。倚在栏杆上，我白白倚栏遥望，我什么盼望都没有了，我有的只是满腹的愁肠。讲到这里是词的上半首。

"东君抛人易"，东君就是春天的神。没想到春天就是这么短暂，这么容易就抛弃我走了。"回头处、犹是昔日池塘。"因为古人常常写到春天，往往就提到柳树，柳树大都是长在池塘边上的。春天的时候这个池塘是"春绿小池塘"，池塘就是一个春天的代表。所以他说我现在回首当年，"犹是昔日池塘"，风景依然，国破还有山河在。我们现在可以再倒回来看另外一首词，《南乡子》，这首叫作"春感"。这首词他写了："满眼落花红，双燕多情语汉宫。一代风流千古恨，匆匆。尽在新蒲细柳中。"这是春天的景色。他们自己南明的文物，他们自己这些南明才子的生活，真是一代风流，而今只落得千古有余恨。"匆匆"，这么短暂。"尽在新蒲细柳中"，这些亘古以来就有的悲恨，就尽在我今天所面对的春天的新蒲细柳之中，引起我这么多的愁恨。为什么要说新蒲细柳？当然是说春天刚刚长出来的蒲苇，刚刚垂下来嫩绿的柳树。除此之外，"新蒲细柳"也是一个语码。杜甫在安史之乱中陷在长安，写过《哀江头》，说"细柳新蒲为谁绿？"长安已经沦陷在叛贼的手中，杜甫来到曲江的江边，这些草木像当年一样地生长。他说"细柳新蒲为谁绿？"国家都灭亡了，真是"国破山河在，城春草木深"，你细柳新蒲又是为谁而绿呢？这一春的绿意盎然徒以反衬百姓的流离失所。

现在我们回头再接"东君抛人易，回头处、犹是昔日池塘"。风景不殊，但人事全非。"留下长杨紫陌，付与谁行？"这个"行"是一个表示受语宾词的语尾助词。留下的长杨紫陌你交给谁？李雯当时是沦陷在京师。"紫陌"指京师首都的街道，刘禹锡的《看花诗》说"紫陌红尘拂面来"。"长杨"，也可以说是街道旁边的柳树。但是"长杨"还有另外一个联想，就是汉朝有一个"长杨宫"。所以你留下你的宫殿楼阁，留下你京城的街市，留下长杨紫陌，付与谁行？你现在留下来归谁统治？

"想折柳声中，吹来不尽，落花影里，舞去还香。"古人常提到杨柳，还有折柳。折柳就是送别。"折杨柳"也是一支笛曲的名字，是离别之曲，可以引起人对故乡的怀念。他这里已经写到那柳树，那满天满地的飞絮。李商隐的《燕台四首》说"絮乱丝繁天亦迷"，折柳声中吹来不尽，那飘零的柳絮都像是人的愁恨。现在我们先岔开，还可以趁这个机会看下面另一首词的"折柳声中，吹来不尽"的杨花。

浪淘沙　*杨花*

金缕晓风残，素雪晴翻。为谁飞上玉雕栏。

可惜章台新雨后，踏入沙间。

　　沾惹忒无端，青鸟空衔。一春幽梦绿萍间。

暗处消魂罗袖薄，与泪轻弹。

　　这是他自己以杨花来自比的。"金缕"就是柳树，这里
写的不是柳树的残，是柳花的残。最后这两句"暗处消魂罗
袖薄，与泪轻弹"他用了苏东坡的词。中国文化的传统这么
悠长，它的每一个词语，都带有那么多的文化背景。他这里
用的是苏东坡的《水龙吟·次韵章质夫杨花词》里"晓来雨
过，遗踪何在？一池萍碎……"这说的是柳絮变成浮萍了；
"细看来不是杨花，点点是离人泪。"苏东坡这首词当然有
很多深意，我们今天不能讲苏东坡。李雯是用苏东坡的话
来说的：柳絮已经落水化为浮萍。"一春幽梦绿萍间"，一
切的事情再也回不来了，人事完全都改变了。"暗处消魂罗
袖薄"，因为词里边很多都是用女子的口吻写的，消魂、悲
哀、断肠所能联想到的是伤痛。这黯然销魂的一腔幽恨你
去对谁说呢？你李雯无处可诉。你能对新朝说你怀念旧朝
的悲哀吗？你能说吗？而你又有什么脸面说啊！这是"暗
处消魂"。"罗袖薄"是写自己所有的只是这么单薄的衣
裳。我没有保护，没有遮拦，所有外界的侵袭都加诸我的

213

身上。

　　"与泪轻弹"这句说得很妙。因为苏东坡曾把杨花比喻成泪点；他说："细看来不是杨花，点点是离人泪。"所以这个泪有杨花像泪点的泪，有我这个女子，也就是李雯自比，我自己的眼泪；可是我不能让人看见。有的版本作"偷弹"，当然"偷弹"的感情就更委曲了。好，现在我们再回头来继续《风流子》："想折柳声中，吹来不尽，落花影里，舞去还香。"这写得真的是好。柳絮虽然是飘零了，就算是被踏入沙间了，但仍是陆放翁的"零落成泥碾作尘，只有香如故"。我化身作为一朵梅花，我零落到泥土之中，被车辆碾成泥尘了，梅花的香气就是混在泥尘之中，也是不会消散的。还有冯延巳的一首词，他说："梅落繁枝千万片，犹自多情，学雪随风转。"这梅花辞枝落下的时候还要有一种舞弄的回旋难舍的姿态。所以李雯说现在在落花影里有杨花，也有其他的落花，而这落花还要做最后的一个舞姿，还要留下它最后的香气。李雯是被玷辱了，是被踏入了沙间，可是他有多少的感情、多少的志意并没有完全销磨。所以说"落花影里，舞去还香"。

　　"难把一樽轻送"，你说春天走了，就让它走好了。就像保罗在《圣经》里说的："当守的道我已经守住了，当跑的路我已经跑过了。"虽然死去也没有惭愧。如果要送这个春天离去，生命要走了，但我无愧，当守的道我已经守住了，当跑的路我已经跑过了，我死无遗憾。但是李雯现在有什么资格安然地送走春天呢？韩冬郎有一首诗说："花间一盏伤春酒，明日池塘是绿荫。"韩偓可以用一杯酒把春天送走，可是我李雯呢？我真是难以轻易地这么说，我能用一杯酒就把明朝的春天送走吗？我要把我过去的理想、志意都送走了？但我怎能够把它送走？我有多少痛苦真是难用一樽轻送。"多少暄凉"，暄是暖，凉当然是冷。这代表的就是多少悲欢。我有多少感情？多少难以言说的恩怨悲欢？真是"难把一樽轻送，多少暄凉"。

这首小词写得这么丰富，写得这么动人，这真是难得。陈子龙的词也写得很好，可是陈子龙是抗清复明殉节死难的。所以谁也不敢把陈子龙的词编到清词里面来，因为那是对陈子龙的大不敬。因此龙榆生编的那本词集叫《近三百年名家词选》就是为了陈子龙一个人，他为了要把陈子龙收进来，所以他不能叫《清词选》，因此叫《近三百年名家词选》。而且在词选的序文里边，他写到陈子龙的时候，龙榆生特别说："词学衰于明代，至子龙出，宗风大振，遂开三百年来词学中兴之盛，故特取冠斯编。"开出清词中兴之盛的是他们云间派的这几位词人，可是云间派的词人你不能把陈子龙算到清朝里边，因为这是对陈子龙的大不敬。真正说云间派的词能开清词中兴之盛的，就是他们这样付出了破国亡家的悲苦代价，才使得词的内容丰富起来。当然云间派不只是李雯一个人，但是他是最值得注意的，因为他的内心是最曲折、最痛苦的。那么陈子龙又如何呢？我们下面就再简单地看一下陈子龙，先看《蝶恋花》：

> 袅袅花阴罗袜软。无限芳心，初与春消遣。
> 小试娇莺才半啭，海棠枝上东风浅。
> 一段行云何处剪？掩过雕栏，送影湘裙展。
> 隔着乱红人去远，画楼今夜珠帘卷。

这是写闺中女子的情怀、景象，写得很美，这是他早期的作品。他写"海棠枝上东风浅"，把早春写得那么嫩，那么美，那么新鲜，那么动人！写女子那是"一段行云何处剪"。宋玉的《神女赋》说："朝为行云，暮为行雨。"这个女子轻轻地走过去，跟一片云飘过一样。"掩过雕栏"，看这个女子的影子轻轻地像一段行云走过了雕栏，我目送她的影子远去，看她那个"湘裙"，那个女子美丽的衣裙随风飘动的样子。"隔着乱红人去远",隔着稠密的嫣红姹紫的花荫,这个女子走远了。"画楼今夜珠帘卷",这是作者的想象,想象那个女子在画楼之中可望而不可即。他是写得很生动,写得很活泼,但是没有更深一层的意思。那么甲申国变以后又怎么样呢?我们就来看他的《点绛唇》:

> 满眼韶华,东风惯是吹红去。几番烟雾,只有花难护。
>
> 梦里相思,故国王孙路。春无主!杜鹃啼处,泪染胭脂雨。

这么短短的一首小令也写得真好,它的题目是"春日风雨有感"。从题目就可发现和李雯的"送春"一样,里边有很深的含义。因为春天就代表一切美好的事物,你送它走了,国破家亡了。而陈子龙这里写的是"春日"再加上"风雨有感",这写得很妙……况周颐的《蕙风词话》里边有几句很有名的话,大家常常引的:"吾听风雨,吾览江山,常觉风雨江山外有万不得已者在。"我们看到外面的风雨,看到外面的江山,"吾听风雨,吾览江山",对于一个词人来说,常觉风雨江山之外,就是除了你眼前所看到的一种景物之外，有一种万不得已的，就是有一种很难表达的感情。"不得已"就是不能停止，你内心之中有一种感情你没有办法压它下去。这万不得已之情，常引起人的无限感伤。而"风雨"又代表什么？像《诗经》里所写的"风雨凄凄，鸡鸣喈喈"，写的是什么？这写的就是国家的危乱。又像辛弃疾写的"可惜流年，忧愁风雨"，所以这风雨的联想也是非常丰富的。在国变之后他们这几位云间词人所写的小词的词题之中，如"送春"及现在这个"春日风雨有感"，真是隐藏了很多这种潜在的感发力量。

"满眼韶华"只是短短的四个字，"韶华"两个字代表一切美好的东西。他不是说满眼春花，那就很俗、很死。韶华，它是很笼统很抽象的。有的时候你写文章描述具体的东西当然也是好的，可是具体就比较有限制。所以你写一个比较抽象的，它就隐含了行云、流水、绿叶、繁花、莺歌、燕舞。而"满眼"两个字也是非常丰富，那个力量非常充实。满眼韶华，真是这么丰富，这么美好。可是紧接着一转，"东风惯是吹红去"，这些美好的东西都是留不住的，都被春风给吹落了。而他不说"东风惯是吹花落"，而是说"东风惯是吹红去"。"红"是颜色里面最鲜艳、最美好的。惯是，是经常就是如此的，一直就是如此的，人事的代谢千古如常不易。

"几番烟雾，只有花难护。"风雨就是风雨，怎么又会出来有烟雾？张惠言的《水调歌头》说："晓来风，夜来雨，晚来烟……"这"烟雾"代表外在环境的种种的变化。"风雨"还是一种比较具体、比较明显的。你说国是破了，崇祯皇帝是吊死了，这还比较容易说。但是有很多那些最难以言说的磨难，人怕的不是一个强力的打击，最怕的就是那种无形的磨损，就在日常当中你不知不觉，说都说不出来的东西把你销蚀掉了。云间派的这些个词人确实是有才，而经过了乱离之后表达得更好——"只有花难护"，就是那些最美好的东西你最难以留住，真是无计留春住。

"梦里相思，故国王孙路。"这两句是写得比较明显的，所以我们知道他说的是亡国的哀感。一切的相思就像李后主说的"多少恨，昨夜梦魂中"。"故国王孙路"说的是国家的败亡，杜甫写过《哀王孙》。当明朝败亡的时候有多少宗室流离在道路之间，经历了多少苦难？而故国就用故国好了，干吗又用王孙路呢？前人有词说"萋萋芳草忆王孙"，那王孙归向何处？那王孙何日归来？这王孙路是破国亡家的不归之路啊！"春无主！"春天谁来作主呢？"东风不作繁华主"，东风是无法作主张的，谁能替你的命运作主呢？

"杜鹃啼处，泪染胭脂雨。"我刚才说过"杜鹃"这个语码有这么多的文化联想。它的题目是"春日风雨有感"，开头的第二句点明了风，"东风惯是吹红去"，最后一句才点到雨，是"泪染胭脂雨"。花上的雨点就如同泪痕，花的颜色就如同胭脂，这花好像是在哭泣，也就像是人在哭泣，所以这杜鹃啼处就泪染胭脂雨。从这里大家就可以看出云间词派作风的转变。

接下来我们就要来讲宋徵舆。说到宋徵舆就不免要提到一些心理学的问题。有的时候人的内心之中有很多矛盾，有很多痛苦。还不只是像李雯，那李雯真是悲哀、愤恨、羞愧，有着非常复杂的感情。而宋徵舆呢？他是追求仕宦利禄，这绝对是的。因为明朝刚亡的那一年，他就去考了清朝的举人，他的好朋友陈子龙死的那一年他考中了进士。所以当时有人对宋徵舆不原谅，谁不原谅他呢？就是他们的晚辈夏完淳。夏完淳是他们的朋友夏允彝的儿子，才十七岁就殉节死难了。夏完淳真是个才子，他如果不是在十七岁就死去，那他以后的成就真是不可限量。他才十几岁就写文是文，写诗是诗，写词是词，写赋是赋；不但文笔好，他的内容也好，他的思想、感情、感受都写得好。所以我们现在还要回过头来看一句。

李雯在写给陈子龙的《东门行》里边说："君奉鲐背老母，余悲父骨三年尘，君顾黄口小儿，余羞三尺童子今成人……"李雯这诗说的都是事实。陈子龙有九十岁的老祖母，他的亲生母亲早死，是祖母抚养他长大的。在死生之间你如果愧对朋友，那真是永远会有内疚的。夏允彝是最早殉节的，他和陈子龙在几社并称为"陈夏"。夏允彝死的时候陈子龙没有同时和他一起殉节，所以陈子龙当时曾写一篇长文祭拜夏允彝。陈子龙就说明：我之所以不能够和你一同殉节死难，因为我的祖母九十岁了；这真像是李密的《陈情表》所说的："臣无祖母无以至今日，祖母无臣无以终余年。"我陈子龙现在不能从你于地下，可是我将来一定不会愧对你的。所以在《东门行》里李雯说经过国变以后你没有马上死，是"君奉鲐背老母"。"鲐背"是指老人年纪很大了，身上起了很多斑点就像是鲐鱼一样，鲐鱼是一种身上有块状斑点的鱼，所以老人身上起了黑斑就叫鲐背。因为你陈子龙是有九十岁那么年老的祖母，所以你没有马上殉节，而我没有死是因为"予悲父骨三年尘"，因为我父亲死了三年没有埋葬。你还有一个不能死的原因是"君顾黄口小儿"，陈子龙家里是几世的单传，中国古人认为子孙绵

221

延是非常重要的。陈子龙没有马上跟夏允彝一起殉节，一个是祖母年老，另一个原因就是儿子年幼，所以说是"君顾黄口小儿"。而我呢？"余羞三尺童子今成人"，我李雯真是觉得羞愧，那三尺的童子今天都长大成人，那个三尺童子说的就是夏完淳。

夏完淳参加他们几社活动的时候还很小，不过十三四岁，而今天夏完淳不但在文学上有这么好的成就，而且跟这些大人们一起举义抗清，做得真是有声有色。我们现在要看的就是夏完淳读了《三子合稿》后写的一首七律：

> 十五成童解章句，每从先世托高轩。庚徐别恨同千古，苏李交情在五言。雁行南北夸新贵，鹡首西东忆故园。独有墙头怜宋玉，不闻九辩吊湘沅。

"独有墙头怜宋玉，不闻九辩吊湘沅。"这说的就是宋徵舆。夏完淳说我十五岁就跟你们这些人交往，他对李雯是同情的；他说：这李雯、陈子龙就如同庚信和徐陵，一个到了北方不能回来，一个在南方，"庚徐别恨同千古"，也像苏武和李陵的交情尽流露在那几首互赠的五言古诗上。所以他对李雯一直是谅解，一直是看重的。"雁行南北夸新贵，鹢首西东忆故园。"他说现在有的在北方新朝仕宦，有的留在南方。"独有墙头怜宋玉"，这典故用得真是很妙，因为宋玉不是邻家有好女曾经窥墙三年吗？这是大家都知道的典故，所以他说墙头的宋玉，取其同姓宋。而我们也说墙头草随风倒，俗话比方人的善变投机。这最妙的是宋徵舆也姓宋，语带双关，刺在骨里。"不闻九辩吊湘沅"，这说的是当陈子龙死的时候，没有看到你宋徵舆写了些什么吊祭的文章。这当然是对宋徵舆有所指责与不满。

不过人的过失不一定是你要在行为上或言辞中责备他，或谴责他，只要是内心有所亏欠的人，他一生之中总会背着这个感情或良心的负累而不安。就算是他有了富贵，而且是他自己追求来的富贵，他内心之中也会有一种负累的，这说的当然是指宋徵舆。我们选宋徵舆的词《蝶恋花》，也是相当有名的。

　　宝枕轻风秋梦薄。红敛双蛾，颠倒垂金雀。

新样罗衣浑弃却，犹寻旧日春衫着。

　　偏是断肠花不落。人苦伤心，镜里颜非昨。

曾误当初青女约，只今霜夜思量着。

　　他表面是写一个女子，形容这个女子在秋天中"宝枕轻风秋梦薄"，她皱起她的双眉，双眉上的金雀钗装饰得不整齐，所以是颠倒着垂金雀。他说这个女子是"新样罗衣浑弃却"，本来是应该追求流行的时髦衣裳，但是她说，我把新时样的罗衣抛却了，我要找寻的是我旧日的春衫。有的时候人的感情是很微妙的，宋徵舆他刚刚投入新朝的时候，他也许还有很多理想。可是当他经过官场的斗争、磨难之后，他的心情势必会转变。尤其是清朝初年，可以想象满汉大臣之间的争执和隔膜，所以他会愈来愈觉得有一种亏欠和后悔。"新样罗衣浑弃却，犹寻旧日春衫着。"这就像我刚才说的，就算是你自己选择的富贵，可是内心之中的那种亏欠你无法忘掉。所以他又说，"偏是断肠花不落"，什么花都落了，就是那个名叫断肠的花它偏偏不落。你投入新朝的这一点亏欠你永远没有办法把它忘掉。"人苦伤心，镜里颜非昨。"因为背负了这种愧疚，就只能任凭流年消逝了，他现在的心情真是"曾误当初青女约"。李义山的《丹邱诗》说："青女丁宁结夜霜。"我当初跟青女有一个约言，可是我真的是错了。我并没有按照我和青女的约言去做，我背负了友朋之间的诺言。因此"只今霜夜思量着"，所以现在每当青女丁宁结夜霜的夜晚，我就会想起从前来，无边的往事、无尽的思潮难以止息。

这里举例的是宋徵舆的词。不管他们的遭遇，是殉节死难的，是不得已而求生屈辱投降的，还是自己有心去追求的，总而言之，云间派的词风是转变了。因为他们写出了这样的词来，在他们的词里面有了这么多言外之意的潜能，而这种潜能的作用是小词的一个美感的特质。这是从晚唐五代以来温庭筠、韦庄在词里边之所以能引起后人那么丰富的联想的原因，这是词的一种特殊的美感品质，是不同于诗也不同于曲的。而恰好是云间派词人经历这种国难的深悲沉恨以后，在无意之中，他们忽然间失而复得般找到了小词的那种言外之意的美学特质，这是非常重要的一件事情。经过国变的人很多，除了云间三子以外还有很多其他的词人，但是云间三子的这些词，特别富于这种潜能，而这是小词中的一种特殊美感质素。

所以王国维就在《人间词话》里说："宋尚木（按：这里应该是宋直方，王国维写错了；尚木是宋徵璧的别号）《蝶恋花》'新样罗衣浑弃却，犹寻旧日春衫着'，谭复堂《蝶恋花》'连理枝头侬与汝，千花百草从渠许'，可谓寄兴深微。"传统的文学批评家就说他寄兴深微，而我所用的"潜能"是西方接受美学语言中的一个术语。总而言之，清

225

词的中兴，是在破国亡家的国变苦难之中，在无心之间，把过去那种用嬉戏笔墨写男女爱情的词，过去那种在晚唐五代的乱离之间所隐藏的那种潜能的美感作用，无意之中又把它找回来了。这与清词的中兴有很重要的影响和关系，而且清朝的作者也逐渐加深了这种认识。就是他们体悟到在这种小词之中可以有这种潜能的性质，他们愈来愈有这种反省的能力，认识也愈来愈清楚了。所以为什么清朝除了词人这么多、作品这么多以外，他们也认识到词里是有一些幽微隐曲的感情，是诗所不能尽言的，而他们发现居然可以用词这种形式委婉传达。这是一种很微妙的作用，所以小词就不再被视为一种游戏的笔墨。

因此经过乱离之后很多人就如同叶恭绰所说的"丧乱之余，家国文物之感，蕴发无端"。这说得很好。因为他们内心藏了这么多的悲哀，藏了这么多的苦难，真是难以言说的，因此他们的发泄是无端的，不必用有心的安排。看到这些花飞草长，"见花褪残红，莺梢浓绿"，你就随时随地引起你的这种感发，这就是"蕴发无端"。而且他们那种破国亡家的悲哀不是不知愁而强说愁，所以说"笑啼非假"。他们的歌哭啼笑是他们最真实的感情，毫无伪饰，所以我们说云间三子真是"蕴发无端，笑啼非假"，虽然他们的遭遇不同，他们内心的心境不同，但是都有上述这种美学作用。

但是当清词再发展下去，小词并没有一直停留在云间派之笼罩中，它还是向前再进一步发展，所以"其才思充沛者，复以分途奔放，各极所长"。因为云间派的词风在早期是特别推崇小令的，陈子龙所写的《幽兰草·序》就认为晚唐五代直到北宋的词是好的，但是他就不肯定南宋的词，因为他没有找到欣赏南宋词的门路。这就像我讲的，比方你看篮球比赛不能用乒乓球的规则去衡量，你看乒乓球的比赛，也不能用足球的规则去衡量。他们老拿一个小令的尺寸特点去衡量所有的词，王国维也如此，不懂怎么样去欣赏南宋的词。南宋词除了辛稼轩以外，他都认为是不好的，因为他没有找到一个欣赏南宋词的途径。因为人的情性和词的体式也都是不同的，所以云间词派只认识小令的好，不大认识长调的好，可是词的进展不能只停留在这里，就跟晚唐、五代、北宋一样，它一定是一直要发展下去的。所以"才思充沛者，分途奔放"，有些词人他们的才思和云间派词人不同，有的是比较奔放的。就如紧接着和云间词人差不多同时的吴伟业，他的一些词作如《贺新郎》等就和云间词人不同了。

清初的词真是非常微妙的，不同的遭遇、不同的心情、不同的作风、不同的表现手法，你要从不同的途径去欣赏去接触它。后来有朱彝尊、有陈维崧都是经过国变的，而他们填出什么样的词？朱彝尊是什么样的词？陈维崧又是什么样的词？"故清初诸家实各具特色，不愧前茅。"而造成清词之所以中兴的，第一个把词的潜能找回来的是云间三子的词。所以，我要说，云间三子词风的转变造成了清词的中兴。

本文作于 1996 年